6230·37

E 1

Roland Dubillard

Confessions d'un fumeur de tabac français

Gallimard

Ce texte est extrait de *Olga ma vache — Les Campements — Confessions d'un fumeur de tabac français* (L'Imaginaire n° 297).

Roland Dubillard est né à Paris en 1923. Passionné de théâtre, il s'y consacre après une licence de philosophie. Paradoxe ou simple évolution ? En tout cas, il est plus qu'un simple dramaturge, puisqu'il écrit aussi de la poésie, des essais et des comédies. Son talent émerge grâce à Jean Tardieu qui lui commande de petits sketches pour la radio. Le succès est immédiat. C'est le temps des jeux sur le langage, sur son absurdité. Ses dialogues désopilants sont repris dans des spectacles donnés sous le nom de *Diablogues* — un ensemble de courtes scènes à deux, dont la seule prétention est de faire rire sans bêtise, comme *Le gobe-douille* ou *L'eau en poudre* — sur plusieurs scènes de la capitale. Il fait même partie des acteurs qui interprètent ses textes. Clown moderne, c'est dans son visage lunaire, ses gestes, que toute la subjectivité de ses textes prend une valeur originale dotée d'un humour mélancolique. *Naïves hirondelles*, sa pièce la plus connue, donnée pour la première fois en 1961, connaît un immense succès. Les personnages de *Naïves hirondelles*, marginaux, parlent pour ne rien dire, tentent de vivre sans y parvenir, se livrant à des activités dérisoires. Le style est plein de naturel ; il y a une tendresse toujours voilée d'humour, jusque dans ses trouvailles les plus inattendues. Sur cette lancée, Dubillard écrit la *Maison d'os*, l'histoire d'un vieillard livré à des serviteurs fantomatiques. En 1969, il continue avec *Le jardin aux betteraves*, l'histoire d'un quatuor de violonistes, tous enfermés dans une maison de la culture en forme de boîte à violon... On découvre que la maison est tour à tour un sous-marin, un train et un vaisseau spatial ; le voyage se poursuivra follement jusqu'au fond des abysses. *Les Crabes* et *Les Bains de va-*

peur en 1970, *Où boivent les vaches*, en 1972, sont appréciés par un public fidèle. Dubillard publie en 1974 un recueil de nouvelles, *Olga ma vache*, qui raconte la violente passion qu'un ruminant inspire à son propriétaire. Cet étrange amour plonge cet homme dans les situations les plus vraisemblables, vécues avec une intensité et une fantaisie désespérées. Prises dans un engrenage d'horizons tous différents, en confrontation ou en fusion, les œuvres de Roland Dubillard proposent la lecture d'un monde paradoxal.

Les pièces de théâtre de Roland Dubillard sont régulièrement à l'affiche, notamment de la Comédie-Française. On a ainsi pu voir André Dussolier reprendre ses textes dans *Monstres sacrés, sacrés monstres.*

Découvrez, lisez ou relisez les livres de Roland Dubillard :

LES DIABLOGUES ET AUTRES INVENTIONS À DEUX VOIX (Folio n° 3177)

LES NOUVEAUX DIABLOGUES (Folio n° 3176)

OLGA MA VACHE — LES CAMPEMENTS — CONFESSIONS D'UN FUMEUR DE TABAC FRANÇAIS (L'Imaginaire n° 297)

PREMIÈRE PARTIE
(Journal)

PREMIÈRE JOURNÉE

J'ai cessé de fumer, il y a une demi-heure : le temps d'acheter ce cahier.

Ce n'est pas la première fois. Mais cette fois-ci a quelque chose de neuf : ce cahier neuf, précisément.

Je me dis que mon enthousiasme est puéril. Je me réponds : Quel enthousiasme ne l'est pas ?

L'envie de renoncer au tabac était en moi depuis longtemps, quotidienne, mais inefficace. Le souvenir de plusieurs échecs suffisait à la décourager.

Il lui fallait un secours, et je l'ai trouvé dans ce projet : faire la chronique de mon entreprise.

Ce n'est peut-être rien, cesser de fumer ;

puisque, après tout, fumer n'est pas grand-chose. C'est peut-être une résolution vaine que je prends. Mais la résolution littéraire que je lui donne pour compagne en tout cas la rend soutenable.

J'allume une dernière cigarette et la laisse se fumer toute seule.

Un temps vient de se passer. Le mégot s'est éteint. Je reste un peu perdu. Mais mon stylo semble avoir profité du spectacle ; je le sens plus lourd entre mes doigts, en même temps qu'allégé par une sorte d'appétit. Comme si, pour sourire, je me servais de lui plutôt que de mes lèvres.

Attention ! On a sonné, on est entré, j'ai fermé mon cahier, je l'ai oublié, on est re-parti... Tout à recommencer. Je suis seul de nouveau, mais ce n'est plus la même solitude que tout à l'heure. Je ne l'ai pas encore habi-tée, elle est toute neuve. La résolution que j'ai prise dans ma solitude de tout à l'heure ne tient plus dans celle-ci ; celle-ci la rejette avec la violence d'un vomissement. J'ai envie de détruire quelque chose, ma résolution pé-rimée en rallumant une cigarette, ou mon paquet de cigarettes en prenant une nouvelle résolution, je ne sais pas encore, j'hésite... Mais j'hésite sur le papier : je suis sauvé. Colère de papier.

J'ai gagné. Ça marche.

Quand cette angoisse reviendra, je la reconnaîtrai. Je saurai comment faire. J'ai mon *vade retro*.

DEUXIÈME JOURNÉE

Entre autres tentations, aujourd'hui, j'ai bien failli me rappeler mes débuts sexuels et me dire : c'était bien la peine, cette lutte, ces remords, puisque le temps m'a prouvé qu'un peu de temps suffit.

Ruse du démon : car je sais bien que le tabac ne disparaîtra pas de lui-même. Nul mariage, nulle impuissance en vue. Aucun changement de situation, ou de goût, à espérer. Tout dépend de moi.

Tant que mes tentations resteront aussi raisonneuses, pas de danger. Anciennes ou nouvelles, vos ruses sont puériles. Même la dernière-née, qui me fait croire plus puéril encore mon effort à les déjouer. Ce n'est rien : je tâte mon stylo dans ma poche, comme un chrétien son chapelet, et le diable s'envole, qu'il ait tort ou raison.

Mais des ruses plus troubles peuvent me cerner, si je ne m'en garde pas d'assez loin.

Cette peur de moi, par exemple. Cette présence insolite de mes mâchoires, comme de celles d'un âne qui marcherait à ma gauche. Cette peur que mon abstinence ne me rende plus malade que ma pipe...

Mon stylo et mon enthousiasme. Je ne puis plus préférer le tabac à son absence.

Car mon abstinence n'est pas seulement le négatif de mon goût pour le tabac. Elle exprime un autre goût, tout aussi positif. Non pas celui de m'abstenir (il existe aussi, faiblement), mais un autre, plus obscur, et que je voudrais éclaircir. Preuve que ce goût existe : mon enthousiasme.

TROISIÈME JOURNÉE

À ma portée comme un paquet de cigarettes, ce stylo, cet enthousiasme continuent de me défendre contre les attaques du diable, d'autant plus fortes qu'elles sont plus bêtes. Paul Valéry, d'un magazine, me saute aux yeux, fumant, chez le coiffeur qui me taille les cheveux en brosse. Comment ne pas lui donner raison, puisqu'il est plus intelligent que moi ? Comment ne pas donner raison à tous ceux qui fument, puisqu'ils sont plus nombreux que moi ? La vérité ne doit-elle pas être universelle ?

J'ai gagné : il me suffisait d'écrire ma bêtise pour la désarmer. Et du même coup, je dévoile un des pièges de la cigarette. C'est toujours par imitation que l'on commence à fumer ; qui veut renoncer à fumer doit renoncer d'abord à son besoin d'imiter.

Si je doute encore, dans l'air nouveau que je respire, ce n'est plus que d'un doute léger. Son poids est celui de la plume avec laquelle j'écris, je le soulève quand je la prends, et je la prends par plaisir.

Ce n'est rien à côté de ce grand calme, de cette sensation de pureté...

J'ai une âme semblable à celle que j'avais, petit, la veille des vacances.

Et de même que le charme des vacances

est moins de nous dispenser de nos occupations quotidiennes que de nous en proposer d'autres plus heureuses, de même, je sais combien la décision de refuser à mon vice son objet habituel perdrait de sa séduction, si l'espoir ne la soutenait de lui en trouver un plus convenable. (À récrire.)

En apparence seulement, il y a dans l'usage du tabac, outre ses inconvénients, quelque chose d'irremplaçable. Il faut que je découvre ce que c'est. Une fois défini, la conviction de retrouver ailleurs quelque chose qui le remplace doit devenir le moteur de mon frein.

Voilà ma tâche, voilà mon expérience, dont je veux faire ici la relation journalière.

QUATRIÈME JOURNÉE

Difficulté croissante à m'appliquer, à faire attention, etc.

Si j'ose dire : je m'envole. Et c'est d'autant plus charmant que mes ailes sont encore petites (à peine quatre-vingt-dix heures), comme ces ailerons dont on sait bien que ne se servent guère les angelots pour voler dans les toiles religieuses et qui, moins que les grandes ailes des anges, nous tentent d'oublier qu'ils volent surtout par amour. (À récrire. Détaché de ma pipe, je m'attache à mes phrases, semble-t-il. Je les aimerais longues, le plus possible ; à y perdre ce qu'elles voulaient dire ; à m'y perdre.)

Mon métier heureusement peu rigoureux me permet de m'abandonner tout à fait à cette impression de vacances qui...

Sans cette indulgence du monde...

CINQUIÈME JOURNÉE

Qu'est-ce que c'est que cette détresse violente ?

Plus jamais. Ne plus jamais fumer.

C'est ce « plus jamais » qui est insupportable, tout à coup. Ce trou sans fond.

Et pourtant je n'éprouve en ce moment rien qui ressemble à un désir de tabac. Non, c'est le : plus jamais.

Est-ce vraiment lui ? Appliqué à tel autre acte, me serait-il aussi pénible ? Ne plus

15

jamais grimper à la corde, par exemple ?...
Donc...

Ne plus jamais fumer.

J'essaie de me calmer, je me dis :

— Mais si, tu fumeras, une fois de temps à autre, lorsque tu en auras perdu l'habitude.

— Je sais bien. Mais peut-être est-ce à l'habitude que je tiens, davantage qu'au tabac. Et puis, ne plus fumer, sera-ce jamais autre chose qu'un acte de moins ?

— Rien ne t'empêche de lui en substituer un autre, que tu ne pratiques pas d'habitude. La pêche à la ligne, peut-être.

— Ce ne sera pas du tout pareil.

Voici donc déjà mis en doute un des plus forts prétextes de mon expérience : ce qu'il y a d'irremplaçable dans le tabac, c'est peut-être le tabac.

Quel spectacle, par exemple, ou quel jeu remplacerait la cigarette ? la rendrait inutile, ridicule ou scandaleuse ? Quel véhicule ? Quel sentiment ?

Et si je renonce à les découvrir, que reste-t-il de mon projet ?

Il reste que je suis le seul à m'entendre poser ces questions ; le seul à en souffrir, et le seul à le raconter. Il reste le plaisir de le raconter.

SIXIÈME JOURNÉE

Bien sûr, j'y pense trop. Je crains que cette occupation ne me porte à négliger les affaires courantes. Ma vie intérieure, elle aussi, a d'autres exigences ; il ne faudrait pas que j'en vienne à les oublier. Je pensais beaucoup moins à ce que je fumais qu'à ce que je ne fume plus.

Je me suis réveillé ce matin dans l'angoisse de devoir encore m'abstenir. J'en suis sorti par la pensée que même à l'ordinaire, n'y trouvant aucun plaisir, je ne fume jamais dans mon lit le matin. (« À l'ordinaire » m'a échappé. Ne plus trouver extraordinaire ma condition nouvelle.)

C'était dimanche. Le ciel, dehors, pendant la nuit, était devenu très pur. À la radio, la musique écoutée était aussi très pure ; comme le ciel, elle me sembla s'être éclaircie. Je ne lui trouvais pas ces obscurités, ces nids à poussière qui habituellement me fatiguent en elle, ou que ma fatigue y dépose. La musique m'absorbait au point que c'était elle qui disait : je, et non plus moi. Je reconnus, dans ce trouble, l'habituelle stupeur qui croît durant les premiers jours de sevrage. Mais pourquoi fait-il toujours beau temps lorsque je m'abstiens de fumer ?

La journée a passé sans trop de tourment, dans un sentiment d'étrangeté dont la séduction m'a dispensé de tout effort volontaire.

Vers quatre heures, j'ai pensé à mon cahier, et projeté d'y écrire, moins abstraitement, dans quelles circonstances la décision m'était venue, et dans quel rapport avec un certain besoin d'écrire ; comme si écrire fût l'équivalent cherché à l'acte de fumer ; besoin d'écrire et besoin de ne plus fumer s'épaulant, si j'ose dire, dans la rédaction de ce cahier. Vers quatre heures, également, j'ai pensé qu'il me faudrait écrire, en plus, pour bien faire, autre chose. Car si le tabac est matière à fumer, il ne peut passer que provisoirement pour matière à écrire.

Pourquoi ne pas parler, puisque j'en ai l'envie depuis longtemps, de Béatrice ? Justement vers quatre heures, je me trouvais en face d'elle. Cela me distraira de mon souci, qui tournerait vite à l'idée fixe. Et qui sait s'il n'y a pas un rapport entre Béatrice et lui ?

Par malheur, je l'ai bien mal vue aujourd'hui. Je ne suis pourtant pas plus aveugle que d'habitude, au contraire. Au contraire, je vois mieux, et c'est ce mieux qui est de trop. Dans ma légère stupeur, mon regard a perdu, avec ses dents, son étroitesse. Je sais bien, à présent, que ce qui me portait, naguère encore, à regarder Béatrice, c'était un début d'amour (début d'amour comme début d'incendie). Aujourd'hui, je l'ai trouvée belle, mais sans que ma passion s'en mêlât. Belle, comme les briques... C'est drôle, lors de mes précédentes tentatives, les odeurs d'abord me faisaient basculer dans cet autre monde que la privation de tabac me dévoile ; cette fois, les couleurs s'en chargent. L'angle dessiné par la brique rouge sur le ciel de la fenêtre n'avait pas fini de me désarçonner lorsque du rose, de l'or et, s'en exhalant, une vague vapeur mauve : Béatrice, mal dégagée encore de son absence, apparut chez Camille.

Il y a dans les choses un accident semblable à l'amour en ce qu'il magnifie tel objet malgré lui. Un balai sale reçoit du soleil couchant une dignité. Béatrice, qui s'en passe fort bien, me sembla bénéficier plus qu'à son tour, l'après-midi durant, de cette investiture poétique à quoi le sevrage me rend sensible à l'excès. (Sensibilisation que je ne m'explique pas.)

Béatrice portait à l'annulaire gauche une pierre transparente violette ; le champagne, à sa main droite, était lui aussi transparent, mais jaune et animé de petites bulles : le contraire de la pluie ; dans ce liquide, un gaz pulvérisé tombait vers le haut ; chaque bulle reflétait le visage de Béatrice, petit et incurvé ; d'où une Béatrice buvable, en grappe. Le cristal de la coupe entretenait de loin avec l'or de la bague des rapports de tintement plutôt que de teinte ; la main, qui est longue et capable de bien des choses, supportait délicatement l'ensemble du breuvage ; mais d'être inutiles en cette conjoncture, les doigts semblaient se détacher, devenir à la main ce que les ongles sont aux doigts. Quant à la robe, couleur de pierre, je m'étonnais de cette pierre dont on avait sculpté invisiblement l'intérieur, et de la statue interne, Béatrice, dont seuls paraissaient, semblables aux doigts d'un gant dont la paume seule eût été à l'envers, les jambes, les bras et la tête à l'endroit, comme on a coutume de les voir. Les yeux de la tête étaient bleus, si larges et si vides qu'on se surprenait à chercher sur la nuque un orifice correspondant pour l'évacuation du regard. Mais mon regard à moi fit un long séjour dans l'iris bleu, pas triste d'une tristesse humaine (comme son immobilité sous une paupière un peu longue et lourde me l'avait laissé croire), pas gai non plus mais étalant sa richesse et la retenant à la fois en mille replis bleus et blancs semblables à des petits doigts crispés ou entrouverts, offrant et refusant ce trésor de couleur comme avec la peur que le soleil ne l'estimât pauvre, ce soleil qu'il s'agissait après tout d'attirer et de retenir au bord de la prunelle anxieuse d'être noire et de pouvoir soudain manquer de jour car le soleil est infidèle. (À récrire.)

Je n'ai pas dit tout ça à Béatrice, parce que le temps m'aurait manqué. Rien qu'à rendre compte d'un coup d'œil comme celui-là, on écrirait pendant des jours. Je pense qu'il vaut mieux pas. Et puis, mon ivresse de voir me retirait l'usage de la parole. Et enfin, Béatrice, c'est bien autre chose que ce dont je viens de faire la description.

Chez Camille, les visiteurs fumèrent beaucoup. J'essayai de comprendre pourquoi. Bien sûr, cela leur donnait une allure dégagée, distante. De cette petite fête, déjà sans importance, ils se déprenaient en fumant ; comme si ce nuage était tout ce qu'ils consentaient à donner, une aumône, rien de sérieux en regard des soucis profonds dont ils avaient le tact de ne pas faire étalage. D'un autre côté, on voyait bien que cette cigarette les accompagnait, à la façon d'une secrétaire, capable de sourire quelque temps dans le monde, mais prête à rappeler au labeur un patron trop distrait. Quitte, d'ailleurs, à le solliciter en sens contraire quand il travaillerait de nouveau. Car de même que le fumeur n'est pas tout entier à la conversation futile, puisqu'il fume, de même, si enfoncé qu'il soit dans son ouvrage, la cigarette signifie qu'une part de l'ouvrier en est absente. Une aile au moins de son âme est repliée. Crainte d'échec, peut-être, on aime fumer en travaillant, parce que cette satisfaction fausse, mais après tout moins fausse que celle du devoir accompli, ôte de l'importance à ce qu'on fait. À preuve : on s'abstient de fumer en faisant l'amour, en mangeant ; actes qu'on souhaite le plus important qu'il se peut, et qui requièrent trop de conviction pour que leur accomplissement s'accompagne du désir de faire de la fumée. (Le chewing-gum, qui opère sur l'homme la même abstraction, a le même emploi, est sujet aux mêmes réserves que le tabac. Personnellement, en plus, il m'empêche de penser, mais je crois que c'est à cause du mouvement des mâchoires, qui rend la parole difficile.)

Il y a aussi la petite comédie à quoi le paquet de cigarettes donne lieu ; faute de participer à mes états d'âme, ces gens m'offrent de participer à leur nuage. La petite comédie doit se jouer avec naturel, dans la détente : il faut surtout avoir l'air de n'attacher aucune importance à ces tubes combustibles qu'on donne et qu'on reçoit. Vous direz que ce manque d'importance est un fait évident, objectif... mais cela, justement, gardez-vous de le dire ! La société des fumeurs tient beaucoup à cette idée d'une chose importante, précieuse, et qu'on se paie pourtant le luxe de traiter comme la moindre des choses. Lorsqu'un fumeur, en vous tendant son misérable paquet, vous assure que ce n'est rien du tout, prenez-le au mot, montrez-lui qu'en effet vous méprisez cette ordure qui court les rues et n'a même pas le prestige de coûter cher : vous verrez comme il se vexera. Je n'ai pas commis cette bévue. Je n'ai pas cru devoir déprécier la marchandise dont voulait me faire profiter Valentin. Mon refus l'a pourtant choqué. Qui ne fume pas reproche au fumeur de fumer. C'est plus qu'un partage, c'est une complicité qu'il refuse. Le fumeur voit dans tout non-fumeur un gendarme dont il est le voleur. Le regard de Valentin s'est durci. Il n'y a pas eu d'éclat à ce propos, Valentin a simplement rempoché sa boîte, et la conversation ne s'est pas même interrompue. Malheureusement, je n'aime pas Valentin, je travaille quelquefois avec lui, et il faut toujours qu'il trouve que je ne travaille pas bien. Dans mon état normal, j'aurais supporté ses airs de supériorité ; mais aujourd'hui, il y a eu ce que j'avais déjà remarqué lors de mes précédentes désintoxications : dans ma stu-

24

peur uniforme et calme un trou, et par ce trou le surgissement d'une colère imprévisible et soudaine comme un éclair de chaleur. Valentin a reçu dans la figure le contenu de mon verre. Le verre lui-même s'est brisé ailleurs. Valentin a terminé la scène par quelques mots sans grande signification ; il n'a même pas eu, j'en suis sûr, le temps de les penser. Quant à moi, mon silence était devenu tel que je n'aurais pu sans impolitesse prolonger mon séjour chez Camille.

Je suis donc rentré. J'avais beaucoup bu, j'en ai profité pour écrire. À présent l'ivresse dissipée laisse reparaître la stupeur qu'elle dissimulait. Il me devient difficile non pas tellement d'écrire que de comprendre ce que j'écris.

SEPTIÈME JOURNÉE

Je parlerai du tabac plus tard. Pour l'instant, je n'ai pas envie d'y penser. C'est son absence qui m'intéresse.

Il y a dans mon abstinence des traces de mérite ; comme si elle était volontaire !

Comme si elle était le résultat d'une victoire sur soi-même !

Aveu : rien n'est plus facile que de cesser de fumer. Le fumeur aime à se mentir sur ce point ; cela fait partie de son plaisir. La force de l'habitude et la force de la volonté sont complémentaires et n'existent pas.

La stupeur croît. Mes yeux s'agrandissent et se fixent sur rien.

Je me sens comme une bouteille d'éther débouchée.

Je suis comme décapité, le sang de mon cou bu par un ciel d'étoupe.

Extrait d'un troupeau déchaîné, un bœuf se calme tout seul dans son étable. Retirée de la tempête, une vague. Dans un vase.

Quelque chose se ferme et empêche de passer ce qui passait. Il est connu, d'ailleurs, que la privation de tabac constipe, et mon pouls s'est nettement ralenti. Mais ce qui ne passe plus, ce n'est pas seulement cela. C'est moi-même à travers le monde. Progressivement, devant mes yeux, les objets ont pris cette allure d'être immobiles pour le plaisir d'être immobile, qu'on voit de tout près à un lampadaire lorsque le train s'est brusquement arrêté.

Quand le train s'arrête, nous surprenons en nous l'attitude par laquelle nous répondions à sa vitesse, et qui lui survit un instant. Je dis : attitude... il faudrait un nom moins net à cette chose qui n'en a pas.

Et de même que la vitesse du train ôtait aux lampadaires beaucoup de leur réalité : en les multipliant sans les réunir en un groupe, de même ce « mouvement humain » dont le sevrage me prive diminuait la réalité de tout.

HUITIÈME JOURNÉE

Je dirais volontiers que je suis suspendu de mes fonctions. Oui : d'une part je me sens *suspendu*, c'est le mot ; et d'autre part, je ne *fonctionne* plus — mais là, ce qui n'est pas exactement le mot, c'est : « je ». Mieux vaudrait dire : « ça » ne fonctionne plus parce que justement « je » suis détaché du fonctionnement.

L'état normal consistait à ne rien attendre des choses, indifférentes en elles-mêmes ; à leur donner une place dans un ensemble qui les changeait, comme l'harmonie change les notes. Pour moi, maintenant, les notes sonnent détachées. Avare, non seulement je leur refuse leur valeur, mais j'attends d'elles comme une nourriture. Et le plus étrange est qu'aucune ne me la refuse.

Si j'attends tout des choses, rien d'étonnant que leur absence les fasse totalement disparaître. Sur la table de l'oiseleur, des petits tas de grains préfigurent ses pigeons absents. Mais moi, le lait dont je pourrais m'apprêter à nourrir mes choses absentes, et qui ainsi m'en tiendrait déjà lieu, ce lait s'est congelé. Béatrice ailleurs, je n'ai plus rien d'elle, puisque s'est bloqué le mouvement de mémoire qui me portait vers elle et dans lequel je la voyais prendre forme, comme se forme un poisson dans les vagues. Tant qu'il y a de la mer, il y a un espoir de poisson ; mais un poisson ne fait pas l'océan.

C'est pourquoi je ne puis parler de Béatrice aujourd'hui.

Le sentiment de mérite qui succède à certains actes, et notamment aux actes volontaires, est le signe qu'ils ont été accomplis par soumission à une autorité dont on attend quelque récompense.

Cet après-midi, rester sans bouger, sans penser activement, pendant des heures, je le peux ; cela ne me semble plus répréhensible. Je ne crains plus d'encourir les blâmes du monde.

Comme si j'avais payé ma place.

NEUVIÈME JOURNÉE

Mes impressions ne sont pas réellement plus vives que d'habitude, mais elles m'éveillent différemment. C'est un éveil en sens inverse, dans le sens du sommeil. Telle odeur n'est plus vécue ici et maintenant, reconnue par le simple fait qu'elle n'étonne pas, qu'elle n'est pas nouvelle ; elle est vécue comme faisant partie d'une autre époque, d'un autre lieu. Époque et lieu que j'ai généralement du mal à reconnaître.

Ce n'est jamais une forme qui provoque cet éveil, mais ce qui est séparable de la forme : couleur, odeur, lumière, matière, mouvement. Sans doute parce que la forme n'est qu'un parti pris de perspective et une date. Peu importe donc de pouvoir ou non rattacher l'odeur, la couleur à telle ou telle forme, lieu ou date. L'important, c'est qu'elles sont détachées de la forme, de la date et du lieu présents.

Cette mémoire, appelée par certains mémoire proustienne, est le contraire de la mémoire.

DIXIÈME JOURNÉE

Dixième jour, déjà. Les troubles physiologiques devraient diminuer plus vite. Je ne me plains pas : ils me distraient. Quand je ne pourrai plus compter sur leur aide commencera la vraie difficulté : celle de ne voir dans l'absence de tabac que ce qu'elle est : rien du tout. Il faut m'y préparer.

Voici les avantages matériels que j'attends de mon abstinence : disparition de la fatigue matinale et du manque d'appétit ; disparition de la toux ; récupération d'un odorat vierge ; enfin, suppression du désagrément de fumer.

Ils compteraient peu sans l'avantage moral suivant : le tabac est une occupation ; il dispense d'en chercher d'autres. Ce matin, l'oisiveté me pèse. Je disais le contraire avant-hier, mais la contradiction n'est qu'apparente. L'oisiveté qui me pèse aujourd'hui reste innocente.

Le problème est de substituer au tabac une occupation qui vaille mieux. Aucun travail ne me semble mériter que je quitte pour lui ces feuilles où mon abstinence prend figure.

Mais voici que me revient en mémoire un rêve très court de cette nuit. J'étais en face de Béatrice à la table d'un café. Nous ne causions pas. Je faisais une découverte surprenante : Béatrice louchait. Comment ne m'en étais-je pas aperçu plus tôt. Puis, je me posais intérieurement la question : Mais sur quoi donc louche-t-elle ? et alors une angoisse me prenait : Béatrice louchait sur une cigarette que j'avais à la bouche, que j'y avais oubliée. Pour fuir mon angoisse, je pris le parti de feindre que cette cigarette était volontaire, et pour fortifier mon mensonge, de demander à Béatrice du feu. Alors elle me tendit la bague violette dont j'ai parlé, et je plongeai dans son eau le bout de ma cigarette. Au lieu de prendre feu, le tabac prit froid, un froid de glace qui m'envahit jusqu'à l'os. C'est ce froid qui m'a réveillé.

Je me demandais l'autre soir s'il n'y aurait pas un rapport entre Béatrice et le tabac. Ce rêve en est un. Et je dois avouer que l'un et l'autre sujet excitent presque également, à cette heure, mon besoin d'écrire. Peut-être vaudrait-il mieux réserver à chacun son cahier. Peut-être pas.

Je crois être certain que Béatrice ne fume pas, et pourtant, mon souvenir me l'a souvent représentée une cigarette entre deux doigts de la main droite. Et je pense qu'en effet cet accessoire lui serait d'un grand secours : au bord d'un toit, le tabac comme le sommeil doit distraire du vertige.

Or Béatrice est sujette au vertige, même dans les endroits où personne ne craint de tomber. Son vertige est un vertige de salon.

Rarement il la fait tomber tout entière. De préférence à elle, il saisit des objets qui l'environnent : verres, bibelots, cendriers, danseurs quelquefois. Elle-même n'en est affectée que localement : ses gestes sont des petites chutes.

Sa main, pour vous dire bonjour, comme

un avion dont le moteur s'arrête, commence par planer, le temps de repérer son point d'atterrissage ; et si elle se pose enfin sur la vôtre, ce n'est jamais absolument à l'endroit qu'il faudrait. Ses pieds tombent de même devant elle, assez régulièrement pour qu'on puisse dire qu'elle marche. Immobile, son attitude semble le résultat d'un accident qui se fût tout aussi bien terminé par la dispersion de ses membres. Avec plus de désordre, elle est immobile à la façon des cascades.

On dit que Béatrice n'est pas adroite. On se demande si cette maladresse vient d'une négligence qui lui serait naturelle, et comme d'une faiblesse de jugement ; ou si plutôt elle ne serait pas une sorte de ruse, un truc dont Béatrice attendrait quelque chose ; comme des saccades d'une manivelle on attend la mise en marche d'un moteur.

Les uns préfèrent s'écarter d'elle, la trouvant dangereuse ou décidément trop gourde. Les autres, plus nombreux, se prennent à ses difficultés. Épineuse, en les maintenant à distance, elle se les attache. Ils éprouvent pour elle un sentiment de respect, une générosité faite de convoitise et de dégoût, comme en inspirent certains papillons de grande espèce. Comme ceux-ci légère et lourde, ses évolutions dans les appartements d'autrui évoquent le vieil aéroplane. Splendide et cependant disgraciée par on ne sait quel inachèvement, elle atterrit, s'écrase dans les sièges les plus bas, les moins confortables, et là, muette au centre des causeries, ne bouge plus qu'envahie par le mouvement d'un rire général. Seul son visage, à ce moment, lui échappe, les yeux plus bleus et plus aveugles, la bouche plus mince, presque disparue, partageant d'un trait horizontal le losange de son rire, dont on voit bien qu'elle en a honte, qu'elle le renie, s'en estimant défigurée.

Très grande, il lui suffit de paraître pour qu'un tri s'opère parmi les hommes ; beaucoup se sentent éliminés, à cause d'une petite taille ; et peut-être la gaucherie de Béatrice s'explique-t-elle en partie par cette fatalité qui pèse sur elle de ne pouvoir entrer dans une société sans en rompre l'ordre. Comment s'y sentirait-elle innocente ? Elle n'a pas le droit d'y imposer cette échelle de grandeur avec laquelle il lui faut pourtant bien se déplacer, comme l'aéroplane avec l'encombrement de ses grandes ailes. Elle n'a reçu de personne l'autorisation d'être, non plus, si blonde. Ses cheveux, elle les fait quelquefois couper très court ; mais ils repoussent avec tant de promptitude qu'elle se résigne en tremblant à leur longueur insolente.

En plus, certains prétendent lui avoir trouvé une ressemblance avec un poisson mort. C'est peut-être qu'ils ont peur d'elle, et l'on dira qu'elle perdrait vite cette propriété d'effrayer vaguement, si quelqu'un, une bonne fois, venait à lui manquer de respect.

Je souris à de telles supputations. Aimer Béatrice ne m'a jamais paru souhaitable, et je me demande pourquoi j'ai écrit le contraire dimanche dernier. Qu'est-ce que l'amour lui ajouterait ? Ce n'est pas que je pense à la tuer. Non, lorsque je la vois, je ne sais plus quoi faire de mes mains ; les bras me tombent le long du corps. Quoi faire ? De même qu'ils n'ont pas la prétention de voiler la hauteur de sa taille, on dirait que ses vêtements ont renoncé à faire oublier qu'elle est nue ; je ne pense pas que la déshabiller me rendrait sa nudité plus supportable.

Car, dans une certaine mesure, oui, Béatrice

m'est insupportable. Elle me tente et c'est même la tentation la plus forte que j'aie jamais éprouvée. Mais tentation de quoi ? Une tentation sans terme possible, sphérique, contente par soi-même ; une incongruité amère.

Revenons à mes cigarettes fantômes.

Je me retiens difficilement de trouver mauvais ce dont je ne veux pas pour moi. Je dois me familiariser avec cette idée qu'une cigarette reste une bonne chose, à condition d'être fumée par un autre.

Ainsi peut-on avoir sur Béatrice des points de vue moins discrets que les miens.

ONZIÈME JOURNÉE

La cigarette creuse, avec son bout allumé, un terrier dans lequel il est possible d'oublier l'urgence du monde. Il y a de la magie dans cette petite chose dont on ne parle pas. Ce soir, dans le métro, à la pensée que je n'allais pas fumer, il m'a soudain paru qu'il fallait un grand courage pour accepter le monde comme ça tout de suite. Tant qu'on accomplit cet acte futile, on se sent dispensé de vivre sérieusement, c'est-à-dire comme si on existait, comme si on était né. Non par ses effets, mais par sa combustion même, le tabac est l'oubli, comme l'alcool.

L'intérêt croissant que je porte au monde, aux choses et aux personnes, fait que je les reconnais de moins en moins.

Les visages, notamment ceux que les moyens de transport font défiler devant moi, ces visages me parlent comme des signes ; ils m'ont tout l'air de manifester une intention, comme s'ils étaient le moyen d'expression d'un seul être caché... Mais ce discours s'adresse à qui ? Si je répondais : À moi ? Ce serait une maladie mentale ; et pourtant, s'il ne s'adresse pas à moi, je n'ai aucune raison de chercher à le comprendre.

Le visage de Béatrice, un peu penché vers la droite comme les lettres de mon écriture ou à gauche tout à coup lorsque la tête ne sait pas quoi répondre et voudrait se détacher des épaules pour gagner vers le haut le droit de n'être plus questionnée ;

son visage qui respire mieux de profil mais n'ose pas s'y tenir parce que ses yeux, appréciant votre regard à sa plus haute valeur, savent qu'ils ne seront jamais trop de deux pour l'accueillir et n'en rien laisser perdre ;

son visage incapable de trouver l'équilibre qui consisterait à faire front et, dans sa recherche de ce juste milieu, oscillant sans cesse de l'un à l'autre profil perdu ;

le visage de Béatrice dont les lèvres minces semblent se taire à cause de ses yeux trop grands pour n'en pas dire déjà trop, malgré l'épaisseur des paupières et leur lourdeur, prétexte à ne jamais se relever tout à fait ;

ce visage discret en bas, glorieux en haut, ce visage semblable à quelqu'un qui a fait un pas de trop, et que, des coulisses d'un théâtre, son élan a poussé sur la scène où il s'immobilise, partagé en deux tranches d'égale épaisseur par l'envie de faire bonne figure et celle de disparaître (mais la chevelure blonde attire les yeux plus fatalement que ce visage dont elle essaie en vain de voiler quelque chose) ;

ce visage lourd de sens, enfin, je me demande en quoi tout ce qu'il veut dire me concerne. J'en suis gêné. Quand je le regarde, j'ai l'impression d'avoir quelque chose dans l'œil.

Comme un mal blanc, la cigarette est un phénomène personnel, intime ; mais c'est aussi une manifestation sociale : suçoter ça en public ne va pas sans une sorte de toupet viril. On imagine difficilement une offense plus vive que de faire sauter des lèvres de quelqu'un la cigarette qu'il fume.

Aucun rapport entre les choses qui me frappent l'une après l'autre.

Ce vague que j'éprouve, cette dispersion apparente de mes forces, je dois me garder de leur opposer la précision, la densité du tabac incandescent. Le remède à mon malaise ne serait pas ce caractère physique de la cigarette, mais son alcaloïde.

Une tentation est de prendre ce malaise pour un besoin naturel, pour une soif.

Montaigne rapporte le cas d'un gentil-homme qui avait sans dommage renoncé à boire quelque liquide que ce fût.

Peut-être ce qui nous fait paraître une chose agréable n'est-il que la croyance, parfois illu-soire, en son utilité. Peut-être encore l'utilité plus ou moins grande que nous trouvons à une chose est-elle seulement le signe de la plus ou moins grande passion qui nous attache à elle.

Pourquoi se détacher du tabac, si l'on peut se détacher de tout le reste ?

Ah ! il ne fallait pas penser à tout ce reste. À ce « pourquoi pas » béant comme une paire de mâchoires. Maintenant, il me semble que c'est une prison que m'ouvre, et où me pousse, mon désir de me libérer. Une voix me dit que, dans cette direction, je ne saurai bientôt plus où poser les yeux.

Je pense à ma pipe comme à l'instrument qui me permettrait de me retrouver moi-même.

Se retrouver soi-même ! Mot d'ivrogne.

Boire et manger en un seul acte ! Peu à peu, biberon par biberon, ce lait qui devient de l'eau a perdu toute son énergie. Et c'est pour toujours : on ne boit plus de lait. Il y a bien le stout, mais il m'attaque l'estomac.

DOUZIÈME JOURNÉE

Mon expérience piétine, faute de se transformer en recherche. Ça va très mal. Impossible d'en rendre responsable cette puérile abstinence. Et pourtant il me semble que si je me remettais à fumer...

La gravité de mon état m'interdit de songer à la futilité d'un tel remède.

Écrire.

Comme si je devais à mon abstinence la découverte que j'ai faite ce soir de la rue Cambronne ! Une si belle rue. Je ne savais pas que Béatrice y demeurait, et là, soudain, devant une boucherie hippophagique, sous la tête d'or du cheval, sur un fond rouge, sa chevelure d'or... je me suis arrêté. Nous nous sommes remis en marche côte à côte. Je ne parlais pas, absorbé par une hypothèse plaisante : est-ce que les chevaux n'auraient pas décidé tout seuls de se retirer de la ville, ou plutôt sous la ville, dans une demeure souterraine ; et de là, remontant à la surface par des couloirs réservés, de réapparaître çà et là dans ces petits théâtres rouges surmontés de leur propre tête coulée en or, pour y jouer le rôle qui leur plaît le mieux désormais, ce rôle de viande ? — J'ai la conviction que les idées de cette sorte me viennent d'ailleurs que de mon cerveau.

Béatrice m'a quitté avant que j'aie pu rien trouver à lui dire, dont elle aurait tiré profit. On la considère assez naturellement comme un accident à réparer ; moi, non, irréparable plutôt.

Pourtant, il me semble que de ne pas fumer me rapproche d'elle. Mais sans la désirer ; ce serait plutôt le contraire du désir ; un besoin de la côtoyer plus intimement, qui ne se satis-ferait pas d'un vis-à-vis, si intime soit-il. Je ne trouverais pas coupable de la désirer, mais j'ai pour l'érotisme, ces temps-ci, une cer-taine répugnance. Du refus de fumer résulte un refus plus général de toute passivité. La cigarette contribuait à faire de moi un de ces êtres que l'on cueille.

Je me laissais aller dans le courant de la nicotine comme il faut se laisser aller dans la musique.

En écrivant « nicotine », encore une étrange image surgit en moi : l'image d'une machine profonde, volcanique, menée (diri-gée) de la surface par ce petit bouton de feu... Les bateaux à vapeur, comme détenteurs d'une force énorme et inépuisable, venue dirait-on du centre de la terre, ces bateaux infernaux parce que automobiles, s'opposent aux navires à voiles, qui n'avancent qu'à la faveur d'un accord paisible avec la nature.

Un vapeur qui se prend pour un voilier n'avance guère... mais en lui le travail de la rouille, plus grave que celui du feu...

Et, ce soir, me promenant le long des boutiques allumées, je sens qu'il s'en faut de très peu que je ne passe de l'autre côté du comptoir, tout à coup transformé en ce boucher ; et lui, devenu moi, insensible au tour de passe-passe, n'aura peut-être pas même un regard pour me voir disparaître, devenu lui, dans la foule.

Ce doit être cela, cette sourde et constante menace de devenir ce que je vois, qui donne à ce que je vois son étrangeté.

TREIZIÈME JOURNÉE

Mais non, ce n'est pas ridicule de parler de Dieu à propos de tabac. Il ne faut pas mêler l'idée de vérité à l'idée de salut. Sur le plan du salut, il se peut bien que la question du tabac ait pour moi plus d'importance que n'importe quelle autre.

J'avais regret de la quitter, hier soir. On a toujours regret de quitter Béatrice. Mais j'en étais sûr : elle ne resterait pas seule bien longtemps !

Elle se montre beaucoup dans le monde, et on se demande pourquoi. Elle n'y manque aucune réception ; dansante, familiale ou littéraire. Elle y va de plein gré, personne ne l'y force, et c'est toujours la même comédie, au terme de chaque soirée : tout en elle signifie qu'elle est encore une fois venue en vain, que personne n'a su lui donner ce qui l'aurait comblée, et cætera. Mais qu'est-ce que c'est ? Si elle ne le sait pas, pourquoi nous reprocher à nous de ne pas le savoir ? Est-ce que nous lui avions promis quelque chose ? Voilà qu'elle nous emplit de remords. Il y en a qui trouvent que ce n'est pas juste, et qui lui souhaitent bonne nuit. Vous voyez bien, disent-ils, que Béatrice a besoin d'être seule. Et ils lui conseillent de dormir davantage. Tout le monde la raccompagne chez elle et s'en va. On parle d'elle, croyant qu'elle dort. Et au bout d'un moment, on s'aperçoit qu'elle a suivi tout le monde. Elle restera la dernière, avec sa mélancolie muette, et toute seule, avec son désespoir, cherchant en vain autour d'elle quelqu'un à qui exprimer son désir d'être seule.

En rêve, cette nuit, j'approche d'une grande place qui rappelle la place de la Bastille et la place Daumesnil. Au centre, une immense cigarette, érigée comme une colonne. De près, on voit que le papier de la cigarette géante est traité en grosse toile rigide. Une troupe de jeunes révolutionnaires veut allumer cette colonne. Les cigarettes sont-elles faites pour être fumées, oui, ou non ? Celle-ci donne le mauvais exemple à ses petites sœurs : l'émancipation des cigarettes n'est pas loin, si l'on n'y met bon ordre. Je vais assister à la Prise de la Gauloise. Mais des agents de police sortent de leurs petits commissariats, que dissimulaient les lions de bronze de la fontaine. Leur arme est le bon sens : « Que ferez-vous, disent-ils aux jeunes gens, quand elle sera brûlée ? Par quoi la remplacerez-vous ? Songez que la Régie Française n'en a pas des paquets en réserve, et qu'elle n'en fabriquera plus d'autres ! » Cependant, tandis que ces considérations nous pénètrent d'une grande tristesse, des fanatiques ont déjà escaladé la Gauloise ; une lourde fumée noire obscurcit déjà notre ciel. Elle se résout en une pluie de goudron, et pendant qu'une faible partie de la foule trouve un abri sous les petits lions, je prends la fuite avec le reste.

J'étais si triste en me réveillant que je suis resté allongé ; je retournais mon rêve dans ma tête, sans parvenir à le comprendre ; sans y trouver la moindre raison de me lever.

Il y a eu un coup de téléphone. Du travail, un travail intéressant ; j'ai dit oui. En raccrochant, j'ai senti que je ne pourrais pas.

Comment faire cuire des pommes de terre sur un réchaud à gaz, si l'on refuse d'allumer le gaz ? Et il peut paraître judicieux de s'y refuser, puisque rien d'apparent ne passe de la flamme dans les pommes de terre. Le travail, cette cuisson, réclame que je m'allume et me consume par-dessous. Bien sûr, cela implique une définition du travail, et ainsi de suite... fatigue !

J'espérais quelque chose, et rien ne vient qu'une panique profonde.

J'ai pris ma pipe, l'ai portée à mes lèvres ; j'ai aspiré et contemplé le culot noir. Mon désir de fumer était là. Sur la table, ce cahier, où, plutôt que de le satisfaire, j'analyse mon désir et l'exprime. Ce que je fais pour le tabac, je pourrais le faire pour l'amour. Réaliser un désir, c'est accepter d'y jouer son rôle.

Malgré mon peu de foi, j'ai laissé ma pipe tranquille. Je n'explique pas mon refus de jouer, et je lui trouve un goût amer, c'est vrai. Il y a probablement une différence entre satisfaire un désir et l'analyser. Mais l'un et l'autre le font disparaître.

Si j'étais resté fumeur, il est vraisemblable qu'en cet instant je me trouverais entre deux cigarettes. Ce serait comme maintenant : je ne fumerais pas.

Même raisonnement du veuf aux cabinets : « Si ma femme n'était pas morte, se dit-il, je serais vraisemblablement comme maintenant : aux cabinets, c'est-à-dire sans ma femme. Elle ne peut donc me manquer. »

Le vent ne se lève pas. Comme je suis morne. Il y a des moments où l'on souhaiterait un vrai courrier du cœur.

Ce serait trop bête, quand même : tant de persévérance s'écroulant d'un coup, et sans savoir pourquoi.

Attendre au moins la fin de la semaine. Ça va peut-être se passer.

Ça n'a pas d'importance. Ça ne peut pas avoir d'importance !

Seule pensée efficace qui me reste. Je la repense à chaque instant. Je répète : Ça n'a pas d'importance, comme si ça en avait.

Depuis ce matin la peur n'a cessé de croître. Une peur bête. Je voudrais parler de tout cela à quelqu'un. Il me semble que j'outrepasse mes droits : que quelqu'un va se venger de la liberté que j'ai prise en renonçant au tabac. Je sens cette vengeance imminente.

Je pense à Béatrice. Je ne sais pas pourquoi j'ai la conviction qu'elle a besoin de moi tel que je suis maintenant : quand je ne fume pas.

Tout à l'heure, je dois la rencontrer chez les Patin. J'ai envie — comment dire autrement ? —, j'ai envie de l'observer.

Mais cette envie n'est pas répréhensible. Elle le serait sans doute si je fumais. Hier, j'ai observé un observateur qui fumait : on voyait, avec le tabac de sa pipe, se consumer l'objet de son observation. Il en faisait un objet de jouissance, et, la jouissance prise, il s'en détournait en secouant, sur son talon, sa cendre.

Moi, mon observation ne me sert à rien. Ce n'est nullement une destruction. Ni un repas. C'est plutôt l'offre d'un double à ce que j'observe. On ne peut rien me reprocher.

Ce n'est qu'un jeu. Une fantaisie. Je dois me distraire.

C'est fini. J'ai fumé.

DEUXIÈME PARTIE

(Plus tard)

Comment ça s'est fait ? Voilà. Cette nuit-là, je suis rentré chez moi écœuré d'avoir vu Béatrice se glisser dans une voiture déserte avec Bitterberg, le bel auteur dramatique. Il faisait nuit dans le parc. J'étais adossé à un gros arbre noir et ils ne m'ont pas vu. Mais moi, incapable de bouger, je les ai vus. Quand j'ai pensé à tousser, voire à allumer une cigarette, il était trop tard. À travers les vitres de la voiture, je voyais les lanternes du grand escalier tournoyer, car j'avais un peu trop bu, et, me cachant par instants cette lumière, des bras, des têtes, des gestes qui rayonnaient du couple comme d'une tache d'encre. Je crois que je me souviendrai toute ma vie du « oh ! oh ! oh ! » plaintif de Béatrice, mêlé aux grincements des ressorts. On appelait Bitterberg, de sorte que mouvements et bruits s'apaisèrent. Il est parti d'abord, puis elle. Je ne les ai pas suivis, je suis sorti du parc, la tête basse, et je suis rentré chez moi en zigzag, m'accrochant aux grilles et aux arbres de l'avenue. Jamais de ma vie je n'ai été aussi malade.

Béatrice ! Bien sûr, je suis un enfant. Mais il me semblait qu'à la place de Bitterberg, je n'aurais pas fait cela.

Le lendemain matin — c'était il y a plus d'un mois —, je me suis remis à fumer.

Quand j'essaie de m'expliquer cette déconfiture, je ne lui trouve que des raisons d'une bêtise très vague. Il me semble que j'ai senti tout à coup ma bonne volonté devenir entièrement ridicule, et ma vertu n'avoir jamais été qu'un jeu de dupe. Oui, je crois que c'est là la cause de ma rechute dans le tabac, si le vertige peut être considéré comme une cause.

M'y remettre ne me fait pas de bien, sans doute. Et, sans doute, c'est dommage d'avoir fait en vain tant d'efforts...

Effort est un bien grand mot. Non, mon expérience fut un jeu. Et pour de tels jeux, je ne suis plus assez jeune. La vie est là ; il faut bien la vivre. On n'a pas le droit de perdre son temps sur des chemins de traverse.

Et puis, rien ne m'empêche de poursuivre mon étude sur le tabac tout à loisir, en fumant. Si la connaissance libère et si je n'ai que de mauvaises raisons de fumer, une fois découvertes, le tabac se détachera de moi sans que ma volonté s'en mêle.

Plus je réfléchis, d'ailleurs, et plus je crois qu'on a pour fumer de meilleures raisons qu'on ne pense.

C'est comme qui voudrait arrêter les battements de son cœur sous prétexte qu'il n'en tire aucun plaisir, et que même ils font un bruit qui l'agace.

On n'est pas maître de son cœur, dira-t-on. Certes. Je me sens moins solidaire de ma cigarette. Mais tout de même, je tiens à elle ; même si ce n'est pas un plaisir, c'est un feu. C'est mieux que rien. La pensée a en moi son organe ; pourquoi le feu n'y aurait-il pas le sien ?

Bien sûr, ce tube d'herbe enrobé de papier n'est pas vraiment un organe ; malgré lui, la distance reste considérable entre ce feu et mes lèvres. Ils communiquent cependant. Ici un mouvement de ma langue et de mes lèvres est cause que là-bas, dans un grésillement, le feu fait un pas en arrière. La liaison n'est pas assurée par des nerfs, mais seulement par une petite colonne de souffle rétrograde, dont mes lèvres et non le feu ont la maîtrise. Imaginez que vous soyez maître ainsi de votre cœur : qui serait le vrai maître, votre cœur ou vous-même ? Quelle ne serait pas votre servitude !

Ah oui, direz-vous, mais du cœur on a besoin, tandis que de votre cigarette ne vous vient que cette fumée, moins nourrissante que le sang ; vous pouvez y renoncer.

J'ai déjà répondu qu'à un cœur dont je serais maître la lubie pourrait bien me venir aussi de renoncer. Je crois pouvoir me passer de tabac ; et il y a effectivement des gens qui se passent de cerveau. Ont-ils raison ? Vous n'oseriez le soutenir, et cependant on sait que l'abus de la pensée est plus nocif encore à l'organisme que l'abus du tabac.

Ainsi, vous pourriez me démontrer que l'entretien sous mon nez de cette combustion me ronge les muqueuses, les poumons, la vie et la raison, cela ne suffirait pas à me la faire éteindre. Elle vaut peut-être qu'on les lui sacrifie.

Imaginez que l'homme, cette machine à combustion lente, à température constante, à durée limitée, soit la cigarette de quelqu'un. Il dépendrait de son fumeur. Lui serait-il inférieur pour autant ? Non pas. Peut-être cette cigarette humaine occuperait-elle sur l'échelle des êtres un échelon supérieur à celui de son fumeur, et celui-ci ne la rejette-rait-il pas, malgré les arguments de son méde-cin, sans une sorte de sacrilège.

Et de même que la condition humaine conditionne quelque chose, mais quoi ? de même la condition de la cigarette...

Et puis, je ne pouvais pas continuer à dor-mir. Il fallait que je me réveille, que j'agisse ; je n'allais pas demeurer indéfiniment dans cette vague extase angoissée qui me rendait, j'en ai souffert, si vulnérable.

Or, la cigarette souligne l'éveil. Il est signi-ficatif qu'on ne fume pas en dormant.

Je crois que ce qui distingue principalement la veille du sommeil, c'est qu'elle invente le temps et s'y soumet. Il y a une ressemblance évidente entre la cigarette et le sablier. Mais le sablier, la montre, que l'homme a fabriqués une fois pour toutes, et qui fonctionnent à présent malgré lui, lui font oublier sa participation active à l'écoulement du temps, auquel il ne semble plus que se laisser aller. La cigarette mesure aussi le temps pour l'homme, mais en lui rappelant qu'il le fait.

Ce petit feu ressemble à la conscience. Et si je suis la cigarette de Dieu, la fumée ne lui vient de moi que si ma conscience consent à s'allumer.

L'éveil est la condition de la conscience comme la loupe conditionne le feu. (Et il y a quelque chose qui est à l'éveil ce que le soleil est à la loupe, et de même que le soleil existe avant la loupe, de même dans le sommeil existe à l'état diffus ce que l'éveil concentre.)

Mais si l'éveil conditionne la conscience, c'est n'importe laquelle, et par exemple une simple attente ou de l'ennui. La cigarette a cet avantage d'offrir de l'éveil convenable, c'est-à-dire actif, une image susceptible de réalisation. Réaliser une image, c'est un rite ; cela ne se borne pas à exprimer, cela invoque et provoque.

Ce rite varie selon les particularités de la conscience qu'il veut éveiller ; selon l'acte qu'elle doit accomplir. Paul Valéry roulait lui-même ses cigarettes ; certains musiciens ne fument que la pipe. Pour m'en tenir à la Gauloise ordinaire, n'est-elle pas, au sortir du paquet, le parfait exemple de la tâche imposée à l'homme moderne ? d'une tâche sociale, c'est-à-dire dont la structure a été fixée *a priori* par la société et que l'individu doit accepter sans retouche ? Le révolté fume peut-être des cigarettes en forme de spirale ; encore ne les fume-t-il que dans le sens de la longueur.

Car enfin, que me demandez-vous, sinon de faire comme tout le monde ? de m'adapter ? Car enfin, dans toute cette histoire, le couillon, ça a été qui ? Certainement pas Bitterberg.

On dira que je mélange tout. Qu'il aurait bien pu se trouver que Bitterberg ne fume pas. À d'autres ! Tout se tient. On ne m'y prendra plus.

Faire comme tout le monde. Voilà le problème. Ce n'est pas tellement que ce soit difficile ; c'est qu'on en est amoindri. On est divisé par son nombre.

Ma profession est une de celles où l'on fume beaucoup. Les professeurs, les receveurs d'autobus, les prostituées, les champions ne connaissent qu'une sorte de cigarette : la cigarette de récréation. Dans notre métier, on pratique aussi la cigarette de travail. On fume pour se délasser, mais on fume aussi pour agir. Le même tabac suffit aux deux fumées, comme un clou chasse l'autre, comme on se sert du même nombre Un pour faire Plus-Un et Moins-Un.

En réalité, nos cigarettes de récréation s'ajoutent à nos cigarettes de travail sans les annuler. On fume trop.

Gabriel s'est arrêté trois jours, puis, le soir, las de jouer les puritains, il s'est laissé aller à accepter mon offre. « Qu'est-ce qu'une cigarette, exceptionnellement ? Elle ne m'empêchera pas de continuer à ne plus fumer. »

Mais il n'y a pas de cigarette « exceptionnelle ». Toute cigarette est la cigarette d'une série. Fumer une cigarette, c'est déjà fumer la série.

Personne n'a jamais fumé « la cigarette de sa vie ». Le lendemain de cette cigarette d'élection, Gabriel l'oubliait déjà pour « mille et trois » autres.

C'est qu'aucune d'entre elles n'a rien qui la distingue et nous force, une fois consumée, à lui rester fidèle.

Les femmes non plus ne se distinguent guère.

Une autre bonne image de l'éveil me vient : l'érection. Ce qui correspond à l'érection chez la cigarette, c'est l'allumage. Et de même qu'il peut me gêner de fumer la cigarette de tout le monde, de même un regard objectif ôte sa raison d'être à mon sexe, semblable à tant d'autres par sa forme et son fonctionnement.

Il est sans doute significatif que mon point de vue sur Béatrice ait changé simultanément avec mon retour au tabac. Je les maintenais l'une et l'autre à distance. Bitterberg m'en a démontré la puérilité : tu mangeras tes œufs ovoïdes, comme nous, et dans le même coquetier, ou alors tu mourras de faim. Portez des oreilles ou restez sourds.

Tout cela théoriquement admis, je me demande pourquoi cette subite décision de refumer comme tout le monde a tant de mal à se faire respecter. Du reste, le profit que j'en tire n'est pas si évident qu'il puisse me faire oublier ma décision antérieure de m'en abstenir.

Je n'ai pu voir, cet après-midi, M. Z. refuser mes Gitanes sans un pincement au cœur. Il ne fume pas : peut-être a-t-il sur la question des lumières plus vives que les miennes ? Mais peut-être n'a-t-il en ceci d'autre ambition que d'imiter les chevaux. Torturé comme on le connaît !...

Et vraiment, ce n'est pas bon. Est-ce l'état de mon foie qui me rend si difficile ? Non, pourtant, rien d'anormal de ce côté.

Que les cigarettes se fassent à mon goût de jour en jour plus pénibles augmente leur ressemblance avec mes devoirs sociaux. Je peux me demander si l'amertume croissante de mes cigarettes ne leur vient pas, par contagion, de ce que je travaille de plus en plus amèrement.

Mon travail est devant moi, aussi connu qu'un paquet de Gauloises, aussi peu capable de me surprendre. Puisqu'il le faut, j'allume la première cigarette, et la régularité de sa combustion se communique à mon travail.

« Puisqu'il le faut », oui. Mais ce manque de conviction m'inquiète. Il m'impose de mettre des gants. Ce fume-cigarette, qui diminue un peu l'amertume de fumer ; cette machine à écrire, qui me fait oublier l'ineptie d'écrire ce qu'il faut ; ils me maintiennent à distance, m'excluent, et c'est bien, puisque je ne dois être à ma table que n'importe qui. Mais ils n'empêchent pas que je me compromets, que c'est moi qui fume le tabac et parle la langue de n'importe qui.

Il faudrait mettre des gants aussi pour faire l'amour. C'est une autre façon de se faire n'importe qui, c'est pourquoi l'on peut être si fier d'aimer ; ou si honteux.

Pour garder mes distances avec Béatrice, je n'avais pas besoin de gants. Elle était suffisamment distante de nature. À la voir, je n'étais pas tenté de réduire cette distance, par exemple en la déshabillant ; car le rôle de sa robe n'était pas de la dissimuler, mais au contraire de la rendre plus solidaire du paysage ou du décor visibles, de sorte qu'en la séparant d'eux, mes regards se reprochaient déjà de vouloir la cueillir. Et comme la vue éloigne plutôt qu'elle ne rapproche, Béatrice à l'état visuel ne pouvait que me rester lointaine. Cela me rendait triste aux larmes, et si je pleurais, c'était pour noyer son image. Je n'ai jamais pleuré pour noyer l'image d'une table, mais quelquefois pour un nuage que le soleil seul avait la chance de toucher, pour une forêt qui deviendrait à mon approche un maigre sentier parmi des arbres. Ce qu'on ne peut connaître que distant, sa distance attriste.

On dira que j'aurais pu réduire entre Béatrice et moi la distance. Mais où en aurais-je trouvé l'envie ? Car ce qui me tenait en respect, ce n'était ni ma peur ni mon impuissance. C'était la seule fascination du monde de mes yeux, où Béatrice se trouvait prise. De ce monde, elle était l'image-reine, et elle et moi voulions qu'elle le demeurât. Qu'elle demeurât vêtue, coiffée, adhérente à l'espace lointain.

Ainsi, le charme de sa féminité, que je désirais conserver intact, me dissuadait de voir en elle une femme, c'est-à-dire n'importe qui.

Je ne voulais pas mettre ma main dans cette marionnette à gaine.

Une cigarette aussi belle que Béatrice, personne n'aurait osé l'allumer. C'est pourtant bien le désir de l'allumer qui nous attirait autour d'elle.

Ou plutôt, c'était son désir à elle. Comme toutes les belles dames, elle s'était préparée dans son miroir, comme un tas de bois dans une cheminée.

Mais sa combustibilité — si vous voulez, pour parler « sans image » (est-ce bien sûr ?) : sa féminité — ne m'attirait pas seulement, elle m'écartait. Béatrice n'était pas sa féminité : elle était dedans, comme une main dans une marionnette. Sa présence dans sa féminité ressemblait à ce qu'on nomme la présence d'un acteur : présence qu'il ne faut pas regarder en face, car alors on ne serait plus au spectacle.

Et cette Féminité, que Béatrice pouvait jouer, animer, plus ou moins bien, elle n'appartenait pas à Béatrice. Je la trouvais étalée presque aussi séduisante dans les journaux de mode. Sans y croire, mais il s'en fallait de peu : il s'en fallait d'une présence invisible, il s'en fallait de cette petite chose qui rend les êtres réels. Si bien imitées qu'elles fussent, et je pouvais même les imaginer douées de mouvement et de relief, ces photos, je les voyais, mais elles ne me voyaient pas.

Il leur manquait ce point de feu qu'on appelle la réalité.

Et si je les étudiais, c'était loin d'elles, en toute tranquillité. Comme on fait la biographie des morts.

Je regardais se montrer ces dames non pas mortes mais photographiées, et elles se montraient d'aussi près que possible. Leur photo à bout de bras, je les voyais aussi grandes que Béatrice à cinq ou huit mètres. Et vraiment, rien n'y manquait, pas même leur regard, qui me regardait comme jamais je ne le fus. Rien ne manquait à notre rencontre, sauf moi, qui n'étais pas là.

Ces dames avaient la présence d'une cigarette quand on n'a pas de feu. Et je retrouvais devant elles les mêmes mots qu'autrefois devant ma pipe abandonnée : « Réaliser un désir, c'est accepter d'y jouer son rôle. »

Qu'est-ce qu'un paquet de tabac pour vous, si vous ignorez son usage ? Peu de chose le distingue d'un paquet de crottin.

Mais quelqu'un vient-il à vous révéler son mode d'emploi, alors le paquet de crottin disparaît. Je vous repose la question : Qu'est-ce pour vous qu'un paquet de tabac ? Ce cube d'herbe sèche, devant vous ? certainement pas ! La réalité de ce paquet de tabac ne réside plus maintenant en lui, mais dans votre rapport avec lui, d'abord. Son squelette, ce sans quoi il s'effondrerait parmi tous les crottins indifférents, son squelette, c'est votre envie de le fumer ; plus exactement l'envie que n'importe qui aurait à votre place et que vous pouvez refuser d'avoir.

Je me dis cela en fumant, sans coucher avec Béatrice.

J'étudie sa Féminité comme autrefois le tabac : sans y toucher. Mais cette abstinence ne me donne pas d'ivresse. Ce n'est qu'un manque.

Il faut bien en convenir : chaque fois que je rencontrais Béatrice, j'attachais moins d'importance, malgré mon respect apparent, à son image visible qu'à l'intimité de ses cuisses entre elles, quand elle marchait ou dansait. L'âme de sa féminité était là : à ce double contact, à peine diminué par des étoffes douces et fines toujours (on aurait dit : timides), quelquefois jusqu'à la transparence. Et cette âme, à cet endroit, faisait frémir, à cause de l'impuissance où on la sentait de se défendre du moindre courant d'air, qui aurait un peu soulevé la jupe, et du regard d'un œil qu'un vicieux aurait oublié par terre.

Car la Féminité est ouverte vers le bas, comme la marionnette à gaine. Suivant les époques, ce « bas », justement, paraît plus ou moins, parfois pas du tout. Mais toujours la Féminité, semblable à l'abat-jour, oriente le rayonnement de la femme vers le sol. On ne pouvait voir Béatrice sans illuminer secrètement le rond de bois ou de bitume que l'ampleur de sa jupe découpait autour de ses pieds ; sans souhaiter de s'y coucher un moment pour voir, par ce défaut de son image, la réalité obscure qui l'animait.

C'était la faute à son image, bien sûr. À la Féminité qu'elle jouait. Béatrice n'y était pour rien... Ce piège à loup n'était piège que pour le loup qui s'y laisserait prendre. Entre autres moi-même.

Un grand dégoût me prend à penser cela sérieusement. Que Béatrice fût à ce point excitante par hasard, sans le faire exprès... À cause de la mode qui est aux jupes, pour les dames... Sans seulement désirer m'exciter !...

Et pourtant, si je cesse de croire à son innocence, si ce piège, je me l'imagine sournoisement tendu par Béatrice, c'est bien simple : il ne fonctionne plus. Il faut qu'il ait été involontaire pour être efficace. Volontaire, on s'en dégageait d'un haussement d'épaules.

Oui, c'est sans songer à mal que Béatrice portait une jupe. Elle sera la première surprise par le vent, par l'œil, par elle-même, qui se croit sans faille.

Bitterberg a retiré ses gants ; il ne s'est même pas soucié, j'en suis sûr, d'enfiler ce gant spécial, qu'on appelle capote anglaise. Il a fait fonctionner le piège ; la Féminité de Béatrice a joué. Elle traîne maintenant quelque part, comme une marionnette qui ne servira plus.

Il y a pourtant de la générosité dans l'usage du tabac. S'attacher à sa cigarette consisterait à ne pas la fumer, à la réserver pour on ne saurait quelle occasion unique. Normalement, on ne tient pas à chaque cigarette, mais simplement à l'acte de fumer ; on a confiance, on sait que l'occasion se renouvelle à mesure qu'on la souhaite. De même, on ne va pas mettre de côté un verre d'eau ; l'eau n'est pas assez rare au gré des maniaques de l'épargne. Ce n'est pas seulement le tabac qui se renouvelle, mais l'envie et la puissance de le consumer. Ce caractère général s'oppose à une certaine idée qu'on peut se faire de l'activité sexuelle. On aime généralement à concevoir celle-ci plus limitée qu'elle ne l'est.

Écrire, peut-être, une monographie complète du tabac. Épuiser la question. Est-ce possible ?

Cette investigation m'agace un peu. Ce ne sont plus vraiment des cigarettes que je fume, ce sont des points d'interrogation. Tant il est vrai que l'observation modifie la chose observée.

Le moment vient vite où tout se met à ressembler à tout. Voudrait-on mentir, on ne trouve plus que des vérités.

Tout de même, il faut en finir.

Tenter d'être objectif. Qu'est-ce que le Tabac ?

Eh bien, c'est une plante. Mais pas une plante ordinaire, semble-t-il. D'abord, il y en a deux : le *Nicotiana Tabacum* et le *Nicotiana Rustica*, plantes... « résultant de croisements obtenus par les Indiens dès l'époque précolombienne, et conservées dans les cultures jusqu'à nous. On ne les a jamais trouvées à l'état sauvage » (*Que sais-je ?*, page 87).

Tout a donc concouru à le rendre précieux : la nature, l'éloignement géographique, l'ancienneté historique, la manipulation des hommes, les impôts indirects.

Rien qu'une herbe, humide à l'origine, et qui a su devenir sèche sans pourrir, on la respecte. Il suffit d'ouvrir un herbier. Quand j'étais petit, au collège, nous conservions dans nos pupitres le pain que l'on nous donnait à quatre heures, pour le manger huit jours plus tard à l'état pierreux. Il y gagnait un goût de bois blanc que nous savions

69

apprécier. Au lieu de croquer ces graines de tabac, songer de quels soins on les entoure, et pendant combien de temps, avant de les livrer au consommateur sous leur forme dernière : la cigarette ! Est-ce la raison pourquoi l'usage de fumer calme l'impatience ?

Le plus beau moment, c'est celui de l'achat. On n'avait rien à fumer, et tout à coup, un paquet bien ferme, souvent luxueux, parfois revêtu de cellophane pèse dans votre main. Un paquet intact. Dedans, les cigarettes sont comptées. On est riche, et l'on sait exactement de quoi. Ce n'est pas encore un objet personnel ; il va falloir le violer pour qu'il le devienne. Instant précieux, qu'on voudrait prolonger. On a son avenir dans la main. L'acte merveilleux d'entamer une chose nombreuse mais soigneusement dénombrée : on dirait que le dénombrement reste en elle et la rend plus lourde, comme l'eau bénite semble plus lourde et plus onctueuse que l'eau naturelle. C'est surtout ce plaisir d'entamer une chose dont le nombre est encore intact que l'on aime recevoir en cadeau : n'offrez jamais un paquet de cigarettes si peu que ce soit entamé, ni même ouvert.

Et en plus petit, ce cylindre lui-même avant l'allumette. On le tapote amicalement sur la table. Autour de lui, d'innombrables fantômes de mégots et leur cendre rehaussent sa virginité. Il est lourd comme une cartouche neuve, et le fumeur le porte à ses lèvres avec la sérieuse délicatesse que l'on met à charger un fusil. Il est lourd de cinq minutes d'avenir très proche, mais que l'on garde encore le pouvoir de différer. Enfin, la flamme touche la cigarette. Tout est fini. D'un coup, comme une cartouche, elle s'est vidée de tout son poids, de toute sa puissance. A-t-elle tué, elle aussi, quelque chose ? En tout cas, elle a fini de servir ; on la brûle.

Ou plutôt, une autre cigarette, d'une nature différente, l'a remplacée : celle qu'on fume. Il n'y a pas plus de rapport entre l'une et l'autre qu'entre une cartouche neuve et la même cartouche transformée en verre à liqueur.

Fleurs coupées...

C'est moins elles qu'on donne que la jouissance de leur agonie. On les offre à gaspiller.

71

Fleurs en pots : elles sont plus rares. Économes, vivantes : ce n'est pas une dépense ; plus précieuses parce que moins riches ; c'est une acquisition. Elles ont de l'avenir. On peut compter sur elles car elles ne sont pas coupées d'elles-mêmes ; car elles comptent sur leurs racines, sur leur volonté. Elles boivent moins que les fleurs cueillies ; dans un verre moins grand, mais c'est dans leur verre. On aime les conserver, mais pas malgré elles : on aime les voir soucieuses de se conserver. Les fleurs coupées sont des fleurs mourantes.

Il manque à la cigarette ce que la fleur en pot est à la fleur cueillie.

Oui, j'aime les choses précieuses. J'aime les choses denses, et d'autant plus denses qu'elles sont plus rares. J'aime les choses que l'on peut indéfiniment mettre de côté, que l'on peut retenir. J'aimerais avoir un sexe comparable au dard des abeilles ; un sexe à un coup, auquel une femme, choisie avec soin, ne survivrait pas plus que moi.

Mais tous ces prétendus instants de plaisir qui en viennent à ressembler à des rivières ; tous ces travaux, tous ces événements qui n'en finissent pas ! On dirait le vent ; ça n'a même pas de rives entre lesquelles couler. Et tous ces gens qui font en vain tant d'efforts pour ne pas se ressembler, et moi qui leur ressemble ; un ramassis de gouttes d'eau ; et même pas de récipient pour lui donner une forme globale.

Je suis moulu. Comme dans un moulin, on m'a fait passer à travers une multiplication. J'en sors détroussé, liquide, courant d'air, dans ce monde sans chez-soi où l'on trouve ridicule de collectionner des objets.

Collectionner des cigarettes, par exemple. Ces cigarettes éhontées, sans retenue, ces cigarettes-putains.

Seule ma pipe pourrait m'aider à me « retrouver moi-même », comme j'ai dit. On n'a pas idée comme le vague de cette existence me délabre. Tous les objets sont à l'extérieur les uns des autres. Il faudrait habiter un trou, comme un lapin, ou sinon porter une culotte de chasse, des bottes, une cuirasse. Cela ne se fait pas. Et la pipe, maintenant, me donne le hoquet.

Les femmes s'en vont par bandes, dans un ciel de pluie, malheureuses. Pour se réchauffer, parfois, elles urinent, — mais cela ne les réchauffe pas longtemps, au contraire, cela gèle au bout d'un moment, entre leurs jambes. Je n'écris pas n'importe quoi, bien que j'invente.

Je n'ai plus en moi cette image d'une femme unique à quoi, même absente, même sans y penser, je savais pouvoir me raccrocher. On dirait qu'en devenant nombreuse, la femme s'est détrempée comme du pain. J'ai de la répugnance pour le pain mouillé : il ne tient plus tout seul, il réclame une tasse. Ma myopie aussi fait des progrès, contribuant à rendre les choses trop larges et flasques. Et on fume, on fume là-dedans, avec une veulerie douloureuse, et on prend des bains trop chauds.

Maman. Aucun doute, elle était bien ma mère, il n'y avait qu'elle, et devant elle, sans aucun doute j'étais bien moi-même, il n'y avait que moi. Solange, Catherine, Myriam, Élisabeth, — je ne suis pas même sûr qu'elles ne me soient rien ; c'est le doute, la pluralité des voix, — elles me déchirent, elles ne sont pas capables, même prises chacune à son tour, de m'assurer que je ne suis que moi-même, de replacer sur moi le couvercle de ma boîte.

Maman ! À force de la reconnaître, j'ai su que j'étais un. Sa permanence, sa présence devenaient les miennes. Plus tard, on s'en passe. On découvre les oranges par exemple, qui, elles aussi et malgré leur nombre, sont toujours les mêmes. On apprend à se reconnaître dans leur saveur. Puis — car c'est malcommode et cela fait mal au cœur de manger continuellement des oranges ou n'importe quoi —, puis il y a l'usage du tabac, plus souple et qui mêle, à l'accomplissement des besognes communes l'arrière-goût de notre singularité : la cigarette à la bouche, nous voilà libres d'aller et venir, en ce monde terriblement spacieux, sans nous séparer de nous-mêmes. Et, bien plus, ce nous-même que sur le sein maternel nous avons d'abord connu intimement par la bouche, la cigarette nous le rend visible ; sa fumée, comme dans un miroir, nous donne à voir que nous existons. Elle devient le double de notre bouche ; cette fumée, qui dans la poésie française rimait fidèlement avec la renommée, elle est à la succion ce que mon renom est à mon nom. Ce que j'ai de plus intime s'objective avec elle, — et de là vient cette peur que j'éprouve, dans un monde hostile, de me trahir en l'expirant.

C'est ainsi qu'on arrive à se passer de sa mère. Et c'est ainsi qu'on se dupe. Maman ! Une femme que je mangeais, oui, ou une nourriture qui était une personne, — mais encore ! Il n'y avait ni femme, ni nourriture, ni moi. Il n'y avait qu'un bloc, et nous sommes nés simultanément tous les trois dans l'explosion du bloc nourrisson-allaitement-nourrice. Jamais pour moi la femme ne rede-viendra nourriture. Nous conservons tous trois une cicatrice qui est la nostalgie de notre unité, et que figure en plusieurs langues la lettre M de Moi, de Ma femme, de Mon café au lait, — cette consonne M, la plus naturellement buccale qui soit. Moi Mange Maman.

Je ne pouvais plus me le dissimuler : cette fumée, tout ce qui me restait encore du sein de ma mère — ou ce qui m'en voilait la disparition déjà lointaine —, cette fumée, pas plus que mon image dans un miroir, ne recelait personne. Je voulus que Béatrice vînt habiter, puis supplanter ce nuage, mais malgré mon aptitude à la confusion, Béatrice était incapable de reprendre ce rôle de nourriture que la fumée tant bien que mal avait tenu pour moi. Aucune cigarette ne nous unissait. Je n'ai tellement parlé d'elle que pour la rendre mienne, comme la fumée, avec ma bouche. J'ai cru pouvoir en prendre possession par les mots —, possession illusoire. Bitterberg se l'appropria sans peine, grâce à cet engin que pour mon compte je n'avais jamais considéré comme un instrument de conquête.

Maintenant, je sais que ma fumée ne figure, aux yeux du monde et de moi-même, rien d'autre que moi-même. Il me semble qu'il n'est plus de mon âge d'y prendre du plaisir.

Un des charmes de ma chambre d'adolescent était le jeu des volets et du soleil. Je pouvais m'asseoir devant une cloison de soleil qui fendait la pénombre, et y projeter la fumée de ma pipe. Elle s'y inscrivait en volutes plates et mobiles, et je contemplais ce spectacle longtemps, comme le théâtre de mon âme, jusqu'au constat nécessaire et triste de sa monotonie.

Et, bien sûr, dans la solitude comme dans

le monde, si je fume, je m'affirme. Et il faut bien s'affirmer.

Je fume, parce qu'il le faut bien. Montaigne ne fumait pas ; mais il faut être de son temps. Etc. Raisons moroses.

De même que le langage semble vain chez le perroquet, qui n'a rien à dire ; de même la fumée sans âme.

Mais à cette âme, est-il vrai que je ne tienne vraiment plus ?

Non : pas à chaque cigarette, ni à l'ensemble des cigarettes ; mais par elles, oui, je tiens encore à une grande chose compliquée, vivante par endroits, maladroite, encombrante, aux ramifications formant bloc à la manière du lierre et qui, comme lui, peut être morte sans cesser d'être tenace.

Loin de se détacher de moi, cette plante morte, on dirait qu'elle me détache de moi-même. Sa mort m'envahit. Car j'ai beau fumer à présent comme tout le monde, je ne puis m'y tromper : tout est rompu entre le tabac et moi. Je fume parce que je n'ose pas prendre à nouveau la décision de m'en passer, par superstition. Mais je sens qu'il est trop tard.

Et pourquoi ? Pourquoi ce délabrement interne d'un fumeur apparemment semblable aux autres ? Si Béatrice fut cette chose dont l'usage aurait pu avantageusement remplacer pour moi l'usage du tabac, dois-je penser que son délabrement par Bitterberg se soit communiqué à la fumée, et par elle à mon âme ? Mais non ! Avant cet accident futile, je me sentais atteint, et je l'ai dit. Je n'étais déjà plus qu'un fumeur irréparablement miné.

Il est des aventures spirituelles sans retour. Après le *Cogito*, Descartes ne *pensait* plus comme avant. Ainsi, je continue à fumer, mais plus comme avant. Que je fume ou non, c'est le même tabac : l'angoisse de ne plus fumer, je la ressens en fumant ; le dégoût de fumer, en ne fumant pas. Ma vie est devenue bien difficile, et je ne puis revenir en arrière.

Je n'ai plus qu'à poursuivre ma route. Continuons à faire comme tout le monde. De l'homme et du fumeur en moi, reste à savoir lequel fumera l'autre, et s'il pourra lui survivre.

Ils m'ont tellement abruti, ce matin, avec ce travail auquel je dois faire semblant de tenir... J'ai allumé une cigarette et me suis accoudé au parapet de la Seine, pour regarder un long train de péniches. Toutes ces histoires de tabac m'étaient devenues indifférentes. Et pourtant, je fumais...

Mon état devait ressembler à celui des mystiques lorsqu'ils se sentent abandonnés de Dieu. Le mot « Dieu » s'est vidé, ils ne savent même plus de quoi... Et pourtant, sans qu'ils le sachent, et tout simplement parce qu'ils continuent d'exister, Dieu est là. Ainsi, au moment où je ne pensais plus à lui, le tabac était là —, non par cette cigarette que je fumais sans y penser, mais tout simplement parce que le temps passe.

Vous me voyez vivre muet et songeur parmi vous ; il ne peut vous échapper que si je me replie sur moi-même, c'est qu'un problème s'y pose sans cesse — mais de là à deviner lequel... Vous m'observez, sans vous rendre compte que pour m'observer mieux, vous allumez distraitement votre Celtique. Et ce problème, quel qu'il soit, avant tout examen, votre certitude est faite qu'il ne vaut pas qu'on se penche si gravement sur lui.

Être ou ne pas être, dites-vous, c'était peut-être bien la question : mais il importait bien peu que Hamlet y apportât telle ou telle réponse, et même qu'il n'y répondît pas. Je ne vous convaincrai pas qu'il importe davantage de répondre à cette autre question : fumer ou ne pas fumer. Je me tais et je vous regarde ; j'ai moi aussi ma certitude : insouciants, vous n'échapperez pas plus à l'alternative que je n'y échappe scrupuleux. Nous sommes embarqués. Et ceux mêmes qui veulent ignorer le tabac n'en seront pas moins classés dans la catégorie des non-fumeurs.

L'outrecuidance de ces ascètes m'agace.

On trouve injuste, pensais-je, que des compartiments spéciaux soient, dans certains États d'Amérique, réservés aux nègres. Sans doute parce qu'ils n'ont pas choisi d'être noirs. Mais est-il vraiment plus juste d'interdire aux fumeurs, dans les trains français, une bonne moitié des compartiments ? sous prétexte qu'ils ont choisi d'être fumeurs et doivent en accepter la responsabilité ?

Qu'on ne vienne pas me répondre que la fumée incommode ceux qui ne fument pas. Car de la même façon, la couleur noire incommode les négrophobes. La fumée n'est pas plus désagréable en soi que la peau des nègres. On ne fait que se monter la tête à leur endroit, par caprice, par préjugé, par désir de distinction.

Moi aussi, lorsque je ne fumais plus depuis quelque temps, l'envie me prenait parfois de haïr les fumeurs, à cause de leur ridicule, de leur bêtise, de leur fatuité. Cette haine est aussi peu fondée raisonnablement que les haines raciales, et je la crois capable autant qu'elles de devenir collective.

Parfois, je me dis qu'après tout il y a des choses plus importantes dans ma vie que ce problème de l'homme en face du tabac. Parfois, l'urgence de ma besogne me persuade de fumer « les yeux fermés », et peu m'importe alors que la cigarette soit ou non une superstition, si elle rend mon travail plus facile.

C'est très exactement de cette façon qu'il arrive aux chrétiens de remettre leur salut à plus tard et que le diable les emporte.

Mais je ne me laisserai pas non plus séduire par l'argument du pari. Le tabac m'attache au monde de mes semblables. Je n'y renoncerai que les yeux ouverts, en pleine connaissance des raisons, bonnes ou mauvaises, que l'on a de fumer.

Et je n'ai pas trouvé les plus fortes, je le sens bien. Pourquoi donc ai-je une telle envie de renoncer à un usage si profondément motivé ? La Raison seule, contre toutes les raisons ? ou seule une foi aveugle... Mais alors une espèce de grâce me manque pour la rendre efficace.

Casser un objet soulage la colère, lui fait un sort, ou si l'on veut, l'exprime, la met au monde. D'autres sentiments poussent à offrir des fleurs, à s'agenouiller. À quel sentiment la fumée sert-elle d'exutoire ? À quel sentiment constamment éprouvé, qui réclame cette expression constante sans laquelle il demeurerait ignoré, comme la colère avant d'avoir trouvé son éclat ?

De l'objet qu'on brise violemment au sol, le chemin qui mène à l'usage du tabac n'est peut-être pas si long. Mais les intermédiaires ? Si l'on pouvait grêler, neiger... Et encore : on fume vers le haut, et cette conversion exclut le passage continu du pot de fleurs qui tombe à la cigarette qu'on fume.

L'homme compense-t-il en fumant son impuissance à pleurer vers le haut ?

Le regard vide vers le ciel que l'on rencontrait encore dans la peinture du siècle dernier, ce regard vers l'endroit où il n'y a rien à voir, par découragement de voir plus longtemps les objets du monde horizontal — ressemble à ce faux aliment que je distrais du cycle terrestre des nourritures pour le laisser aller vers les lieux où rien ne sert de manger.

Oui, un semblant d'aliment. Mais en fumant, ce n'est pas seulement de manger que je fais semblant. Aussi bien, faire de la fumée et faire semblant sont des synonymes.

En fumant, on fait, avant tout, semblant de fumer. De même qu'en dormant il arrive qu'on croie dormir, de même en allumant une cigarette on croit allumer une cigarette. Mais la cigarette qu'on croit allumer est toujours très différente de celle qu'on fume.

Il est évident aussi que Georgette N. fume pour avoir l'air de penser. Mais n'est-ce pas le cas de tout le monde ? On est bien obligé de faire semblant de penser, sans ça, on ne penserait pas. Seulement, il y a bien des manières. Jouer au billard, par exemple, c'est aussi faire semblant de penser ; parler, également ; chanter, donner des coups de pied à un chien. Mais si ces activités diverses ressemblent à la pensée, qui n'existerait d'ailleurs pas sans elles, elles ne se ressemblent pas entre elles. Fumer, ce n'est pas faire semblant de jouer au billard.

Je suis triste. La plume me tombe des mains. Sur le papier, une tache d'encre, pareille à un peu de cendre...

Personne ne connaîtra jamais mon mérite.

S'occuper d'autre chose, peut-être. Mais de quoi ? Surtout, il faudrait changer de méthode.

Les gens qui me disent : « Moi, je fume quand j'en ai envie, et quand je n'en ai pas envie, je ne fume pas ! » me font sourire.

Moi aussi, j'aimerais bien croire que j'ai quelquefois envie de fumer, d'autres fois non. Mais je ne découvre en moi aucune envie à laquelle je pourrais me soumettre. Eux non plus, d'ailleurs. C'est seulement de leur part une façon de parler, de tenter, en face des autres, une justification de leurs actes.

Et pourtant ! En être venu à ce point où ce n'est plus moi, mais une morale qui décide si j'allumerai ou non cette cigarette ! Et cette morale, ce n'est pas Dieu qui me l'a donnée, c'est moi qui la construis, la détruis, la répare et la soutiens sans cesse.

Que quelqu'un prenne un peu ma place, car enfin, je ne puis souhaiter profondément que tout s'écroule.

Et pourquoi tout ça ? Qu'est-ce qui m'a pris ? Pourquoi toute cette fumée ? Car il n'y a pas de fumée sans feu. Il se passe sûrement quelque chose quelque part, dont ma bêtise est le signe.

Mes amis s'inquiètent, me trouvent mauvaise mine, me conseillent de me reposer, de me distraire. Ils s'étonnent de me voir constamment soucieux.

Oui, je suis trop soucieux, et d'un souci dont la futilité est si extravagante que je ne puis le confier à personne. Il me contraint à la solitude.

L'usage de l'opium a ceci de bon qu'on en connaît le terme naturel : la destruction de l'usager. Le tabac, hélas, est inoffensif.

Mon histoire solitaire me fatigue. Parfois, je rêve d'un drame plus grave, la guerre, la mort de mes proches, la tuberculose, qui ferait sombrer mon histoire dans l'évidence de son ridicule.

À douze ans, je suçais encore mon pouce. Un médecin, qui m'examinait en présence de toute ma famille, l'ayant deviné au durillon que cela me laissait s'en étonna : je lui dis que j'y avais renoncé depuis peu. C'était faux. Mais la révélation que ma pratique pouvait être ainsi à tout moment publiée fit que j'y renonçai vraiment.

Voici maintenant ce qu'il faut que je proclame à ce sujet : j'avais de nombreuses raisons de sucer mon pouce ; je n'en avais aucune de m'en abstenir ; par la suite mon abstention ne se vit récompensée par aucun avantage imprévu : pas plus aujourd'hui qu'autrefois je ne lui trouve de justification. Quant à mon pouce, il est toujours là. Je le considère pourtant avec un détachement que nulle impulsion irraisonnée ne vient jamais compromettre.

C'est avec cette même sérénité que je souhaite un jour considérer ma pipe. Tout cela n'est-il pas dépourvu de sens ?

RÊVE

Un personnage me présente une boîte d'énormes cigares, qui ressemblent à des crottes. J'en prends un, et pour l'allumer, je branche un réchaud électrique dont la spirale devient incandescente. J'aspire la fumée du cigare et mon corps en est comblé, comme d'un sentiment d'exultation. Et sous le regard bienveillant du personnage, je m'élève au plafond, à la manière des baudruches. Le bruit léger que ma tête provoque dans le lustre me réveille.

Prendre parti une fois pour toutes et n'y plus penser.

Je m'abstiens de nouveau.

Je sors de ma solitude. Hier, alors que justement je venais de penser : « Qu'est-ce qu'elle devient, celle-là ? », j'ai rencontré Béatrice au grand cocktail trimestriel des de Chiourme, ces incomparables guignols.

Son aventure avec Bitterberg semble n'avoir été qu'un accident. Mais elle n'est plus la même... (Comme tout a changé !)

Autrefois, on la sentait visible malgré elle, et toujours prête à s'en excuser. Maintenant, c'est devenu une passion ; elle s'y livre de toutes ses forces. Cette espèce de générosité la consume tout entière et je crois bien avoir vu paraître dans ses yeux jusqu'à la couleur de ses intestins. Elle parle, elle parle avec une sincérité effrayante, telle qu'un quart d'heure ne se passe pas sans qu'elle se soit une fois totalement exposée et une fois totalement contredite. Il ne reste alors en elle pas un coin d'ombre.

Elle s'est tue quelquefois, pourtant ; mais comment cesser de l'écouter ? Son silence l'exprimait encore. Il me la montrait nue, toute bronzée soudain par un soleil dont je sentais ma sympathie responsable. Et quand elle a fait ses adieux, il était évident qu'elle n'allait nulle part, qu'elle allait simplement s'endormir à la façon des nuages d'été, en plein ciel, anéantie. Ainsi, m'a-t-on dit, chaque jour la fait se lever, la déploie en vain pour on ne sait quel spectateur que son absence rendrait digne du spectacle, pour personne, pour le vide où chaque soir, impuissants, ses amis la voient se dilater jusqu'à se perdre.

C'est à peine si elle dort, et, m'a-t-elle dit, d'un sommeil fluide comme de l'eau, et d'où plusieurs fois chaque nuit elle se sent jaillir.

« C'est la joie qui m'éveille, à propos de n'importe quelle image ; à quatre heures ce matin, je ne sais comment le téléphone a pu me sembler tout à coup si beau, si digne d'éveil, mais je ne me suis réveillée que pour lui, ou parce qu'à cette idée je riais en dormant... Le soleil se levait, et il a bien fallu que je commence ma journée. »

Béatrice, à m'expliquer cela dans le vestibule, rayonnait. Ses grands yeux bleus semblaient s'ouvrir pour moi sur la sottise touchante d'un bouquet de fleurs. Et comme un chien percé d'une flèche, elle vint dans mes bras. J'aurais bien voulu la débarrasser de ce trésor superflu qui la blessait, mais je ne le voyais nulle part. Aussi, le geste caressant de sa tête, la chute de ses longs cheveux

sur mon épaule me parurent-ils plus émou-
vants qu'agréables.

Troisième rêve de pipe en peu de jours.
Peut-être à cause des arbres de la forêt. Au
prix de son poids d'or, celle-là. J'ai refusé de
l'acheter. La pipe suprême cependant : rien
pour l'extérieur, pas de vernis, pas d'élé-
gance ; mais une *substance*. Bien qu'elle fût
faite de morceaux, ou du moins recollée en
un endroit.

La pipe est un objet. C'est l'adjectif posses-
sif du tabac. Elle demeure, alors que du tabac
rien ne séjourne. Elle vieillit.

Cette cigarette, l'essentiel est qu'elle soit
fumée, peu importe par qui. Mais ma pipe, je
la garde dans un tiroir. On prête une femme,
on ne prête pas le désir qu'on a pu avoir
d'elle, ni l'organe de ce désir.

La pipe fume, et non le fumeur. C'est une
affaire entre elle et le tabac. Le fumeur s'y
intéresse par sympathie. Cette pipe est pourtant son organe, et non un appendice com-
mode par lequel se laisserait saisir le tabac,
comme un lapin par les oreilles. Une bouche
complémentaire, étroitement spécialisée, qui

a sa vie propre, son caractère, sa mémoire.
On peut la perdre.

Elle ajoute à la fumée le charme d'une
cuisson soigneuse. Elle la nourrit de sa substance. Ainsi ma mère, par des préparations
attentives, savait donner au tapioca le plus
commun cette saveur singulière où je la
reconnaissais.

L'homme d'action fume rarement la pipe.
L'action est exclusive d'un certain amour
maternel de soi.

Les femmes n'aiment pas qu'on fume la
pipe. Elles ont une tendance à se voir dans le
fourneau. Landru n'était pas fumeur.

Oui : la cigarette de Béatrice me fait penser à un paratonnerre.

Car enfin, dans ma pipe, cette matière...
Cette matière où le souffle doit pouvoir passer sans gêne, cette matière qui ne doit pas se
défendre, qu'on injurie lorsqu'il lui arrive de
ne pas se laisser faire... Et le souffle qui la traverse, déjà plein de fumée, ne saurait lui
dissimuler qu'il prépare en elle le chemin du
feu... Cette matière qui, trahie par sa surface
même aussitôt portée au rouge, en sera

progressivement traversée de haut en bas comme par un sou incandescent, et ce sera sa faute ; et qui, incapable de flammes, ne réagit à cette sournoise utilisation de sa nature que par une fumée, âcre sans doute, mais excitante, dont l'âcreté fait justement la jouissance du fumeur ; cette *matière*, enfin...

Essayer de m'abstenir sans fanatisme.

Étienne : « Parce que c'est agréable. »

« Ça ne l'est pas, dis-je à Étienne, mais quand bien même ce le serait d'autres choses le sont : l'odeur des roses, etc.

« Et vous savez bien, Étienne, que le goût du tabac n'a qu'un rôle de signal ; il est la preuve que cette fumée que vous voyez passe par vous, — vous traverse ! car chez le vrai fumeur, elle entre et sort par deux voies distinctes. Et si vous ne voyez pas la fumée, dans la nuit ou les yeux clos, alors peu vous importe qu'elle passe par vous ou non, peu vous importe d'en avoir le signal dans la bouche. »

Étienne souriait d'un air malin, comme un

imbécile, et cependant la fumée s'élevait de sa cigarette en un fil distinct, solide et pur, et ne sortait de son nez qu'en nuage trouble, comme si son rhino-larynx l'avait moulue.

Ce spectacle m'a distrait. Je n'avais plus envie de convaincre Étienne. Je le contemplais en rêvant. J'apprenais à penser à part la cigarette et ce qu'en tire le fumeur.

Avec l'orange, rien de pareil. On la mange, et par cette destruction nous faisons mieux que la connaître, nous la constituons. Son goût, ses pépins, chaque détail de son intimité nous le rapportons à elle-même, et elle existe enfin, comme Jésus-Christ, par le sacrifice d'elle-même que nous lui faisons.

Au contraire, on ne constitue ni ne connaît une cigarette en la détruisant. D'abord, on ne la détruit pas ; c'est le feu qui s'en charge, et cette combustion s'accomplit de soi-même ; on n'y participe guère que pour s'informer d'elle. Et puis, la saveur qu'on tire de cette combustion, on ne la rapporte pas à la cigarette, comme le jus contribue à constituer l'orange. Le fumeur en fumant ne crée pas ce qu'il fume ; le fumeur est le parasite de la cigarette ; le mangeur d'orange n'est pas le

94

parasite de l'orange. Ce n'est pas de leur faute s'ils diffèrent, c'est la faute à la différence des objets. L'un, l'orange, n'est pas fait pour être détruit (et c'est pourquoi on peut la détruire) ; l'autre, la cigarette, n'est qu'une machine autodestructive (on ne peut que la mettre en marche et profiter d'elle).

Délivrance : non seulement je ne fume plus, mais j'arrive à ne plus penser que je ne fume plus.

Dire que je ne pouvais plus dire : non merci, je ne fume pas, ou seulement : non merci, pas maintenant, ou encore : oui, je veux bien, sans que ce fût une pierre dans le lac de ma conscience, qui la rendait trouble et aveugle !

C'est fini.

Ah, si je pouvais aussi facilement me délivrer de cette joie absurde ! Cesser de parler, de raisonner, ce n'est rien ; mais où trouver le moyen de ne pas m'envoler ?

Je sens mes poumons comme deux ailes repliées dans ma poitrine.

J'escalade une montagne de cartons pleins de cigarettes. C'est dans un entrepôt de la Régie. Des ouvriers me regardent monter ; ils se moquent de moi ; ils fument des mégots jaunâtres. Indifférent à leurs sarcasmes, je monte toujours parmi les cartons qui s'effondrent et que crève mon pied. Je me dis que si je tombe et me tue, cela n'aura pas d'importance : je mourrai seul. Enfin, j'accède à la verrière, que [je troue de la tête], en continuant simplement de m'élever. Me voici sur une grande terrasse couverte de gazon, ornée çà et là d'arbustes désolés, sous un ciel calme et gris. À une extrémité de la terrasse, au haut d'un escalier qui monte vers un amas de nuages mobiles percés par de violents éclats de soleil, j'entrevois un groupe d'êtres vagues, parents des personnages de l'*Apothéose d'Homère* ; ce sont les « particuliers abstraits ». Je les sais prêts à m'accueillir parmi eux. Je me trouve encore un peu trop concret et général (il me semble que mon haleine sent encore le tabac, et je suis essoufflé par mon ascension) ; mais je comprends que le rôle de l'escalier qu'il me reste à gravir est justement d'achever ma transfiguration. Pourtant, je regrette d'abandonner les arbustes désolés, où j'aperçois de petits fruits rouges. Peut-être puis-je déraciner l'un d'eux et l'emporter avec moi dans l'Olympe ? Il serait mon emblème. J'hésite jusqu'à l'angoisse. Mais, du haut de l'escalier, un « particulier abstrait » m'a vu. Il descend les marches vers moi. Il est vêtu à l'antique. Sa robe est brune et ocre. Il a un collier de barbe. Ses yeux noirs me donnent une impression inexplicable de solidité. Il me prend la main et m'entraîne. Nous montons l'escalier très vite, sans toucher les marches. L'essoufflement joyeux et le vent de cette course me réveillent : je sens encore dans la main la fraîcheur de l'arbuste aux fruits rouges, à l'odeur de pluie.

« Vers le soir, ce beau trois-mâts était réduit à une coque sombre et d'apparence intacte, mais pleine, comme un creuset, d'une masse incandescente, dont l'ardent éclat s'accusait avec le progrès de la nuit. On finit par remorquer au large cette épave d'enfer et l'on parvint à la couler. » (Paul Valéry, lu dans le train.)

À la Verpouille, dans l'Eure.

Campagne gelée. L'absence de feuilles. Forêt qu'on suppose sans animaux ; tellement désertée qu'en m'y promenant je pense à l'apparition d'une bête vraiment féroce, vraiment solitaire ; d'une bête sans bouche.

L'absence de tabac m'empêche de trouver quoi dire à Béatrice, dont la présence m'empêche d'écrire.

Ces suppositoires pour faire parler.

Dans les bois, cet après-midi, tout à coup je sens que ma cigarette vient de s'éteindre. Machinalement, je tâte mes poches pour y trouver des allumettes. Alors seulement, je me souviens que je ne fume plus depuis longtemps.

Qu'est-ce donc qui a bien puis s'éteindre ?

Je me taille une baguette. Mes doigts jouent avec elle, sans se soucier de mes pensées. Cette manipulation pourrait remplacer l'usage du tabac ; elle lui ressemble. Une différence toutefois : elle inciterait davantage à faire travailler les autres qu'à travailler soi-même.

Vide. Absence. Un coup de fusil lointain, que la gelée blanche réverbère jusqu'ici : plusieurs échos froids et coupants ; on sait bien que c'était un fusil, mais on ne peut s'empêcher de penser à un sabre.

Là-bas, Béatrice se promène. Elle n'est plus devant moi, mais ce n'est pas du tout comme si elle n'existait pas, ni même comme si elle se promenait au Mexique. Elle ne m'a pas quitté vraiment ; derrière moi, je ne la verrais pas non plus ; elle est peut-être derrière la maison ; tourner seulement la tête ou devoir sortir pour la rattraper, quelle différence ?

Elle est absente, mais je sais bien qu'elle ne s'est pas interrompue. Elle n'a pas besoin que je pense à elle pour continuer de marcher parmi les arbres ; et même si elle s'arrête, si elle ne fait plus rien, elle continuera du moins à passer son temps.

Le temps et le feu se ressemblent. Comme une cigarette jetée, Béatrice se consume dans la forêt.

Maintenant, ce n'est plus moi, ce sont les autres qui fument.

Dans un film que j'ai vu il y a longtemps, après la mort d'un homme, sa cigarette se consumait toute seule, jusqu'à lui griller les lèvres.

On ne connaît pas Dieu par la bouche.

Béatrice répond toujours avec tant d'abondance qu'on lui poserait des questions, n'importe lesquelles, pendant des heures. Pour moi, j'arrête le jeu dès qu'il me semble qu'elle va s'en apercevoir. Elle continuerait sans doute au-delà. Mais je ne puis supporter de la voir rougir.

Dans le train, l'autre jour : ces gens qui ont un accent. Qui portent leur cigarette sur l'oreille, et sifflent. S'ils se rendaient compte. Leur savoir-vivre me stupéfiait, comme celui des méduses.

Et si, tout à coup, je devenais une méduse, à condition d'oublier que je la suis devenue, ce ne serait rien : une méduse ne fait pas exprès d'être une méduse. Ce n'est pas un genre qu'elle se donne. Malgré sa mollesse, si j'ose dire elle tient debout. Mais eux.

Je crache beaucoup, ces temps-ci, avec une joie qui ressemble à celle des grands créateurs. Je ponds.

J'aimerai à croire que c'est le tabac qui ressort, méconnaissable. De même votre nom, Béatrice, que je forme comme un œuf dans ma bouche, il ne vous ressemble pas. Et quand mes lèvres le déposent, dans je ne sais quel coquetier devant elles, je vous le rends, n'est-ce pas ? je vous rends à vous-même. Dans la coquille de votre oreille, moi qui vous ai vue, qui vous ai bue du regard, vous voici restituée par mes lèvres : Béatrice.

Et elle tombe ainsi à l'intérieur d'elle-même. Et elle y éclôt. Dans ce mot, dans cet œuf : Béatrice, j'ai patiemment rassemblé tout ce que j'ai pu de son absence ; le temps l'a dispersée, étalée, comme d'une cigarette le feu fait nuage et cendre ; en ce mot je la réunis : Béatrice. Un œuf plein de nuage et de cendre tombe en elle comme celui d'un phénix. Elle se remarie à elle-même. Ainsi la nouvelle lune, la lune absente, se recueille et, dans la nuit, retrouve ses quartiers perdus, les recompose pour se recracher pleine.

L'ayant nommée, je lui pardonne d'avoir été si passionnément visible (même quand je ne la voyais pas). Elle est là, intacte, comme si jamais elle n'avait été là ni ailleurs ; et elle ferme les yeux. Ni le temps ni moi n'entamerons ce soir sa nouvelle phase : Béatrice, je vous ai assez vue. Je ferme les yeux, puisque mon regard sur vos paupières baissées serait le regard opaque d'un aveugle.

Sa peau, quand elle dort, me gêne comme une paupière qui ne se lèverait jamais.

Le B de Béatrice : le contraire d'un M. Il pousse le prénom dehors, ce prénom plein d'elle. Inversement, Matrice, mot qui reste intérieur, et plein de moi.

TABAC. TA, plus violent que BA ; non seulement pas à moi, MA, mais à toi, TA (on a envie d'ajouter : *Na !* ce qui reste de MA après la proclamation du TA : un Non ! féminin. Mon, ton ? — Non !).

Maman : Moi-moi-(en).

Situation nouvelle : Toi-Moi.

On pense à la solution : Moi-bois-toi. Impossible. Le dégoût contribue à détacher le moi : Toi ? — Baaah ! (dégoût, restitution, bave). Ou encore : on met bas cette seconde personne et ce qui lui appartient : Toi (Ta, Ton, Tien,)-Bas. D'où Ta-Ba(c). Prononcer le *C* dur augmente la violence du rejet : on Crache, on Cravache le taback.

Je ne cravache pas, je badine, mais c'est pourtant vrai, la parole, auberge où l'on apporte son manger... C'est pourtant vrai que le poète ressemble à un pélican : il a des plumes, ses ailes de géant l'empêchent de marcher, son amour des mots explique le double menton où il les conserve ; et c'est bien vrai que les mots ressemblent aux poissons. (Dites pourquoi.) Mieux vaut décider tout de suite qu'on parlera pour ne rien dire.

J'ai noyé le poisson. Cela demande beaucoup d'eau.

On croit parler de quelque chose, et c'est toujours d'autre chose qu'on parle.

Et en admettant que les cigarettes prennent enfin la résolution de ne plus être fumables, qu'est-ce que je deviendrais ?

Je leur reprochais moins de me faire du mal que de ne pas me faire du bien. Important, cela. Je ne sais pas pourquoi, mais cela me semble important.

Tabac : mon problème.

La question : Pourquoi ? est en dehors de mon problème ; vient de l'extérieur.

Je réponds : Qu'est-ce que ça peut vous faire ?

J'ai un cancer, ici, à l'endroit du tabac. Un cancer, c'est l'œuvre d'un cancéreux ? Un homme qui a un cancer n'a pas raison de l'avoir, et ce n'est pas non plus un accident qui lui arrive. C'est une œuvre qu'il fait malgré lui, sans raison, et dont il va mourir.

J'écris tout ça, non pour en affirmer l'intérêt ; en souhaitant seulement qu'on s'y intéresse, sans garantie. Si on me lit un jour. Je suis l'homme que le problème de l'importance du tabac avait choisi pour se manifester.

Je fume ou je ne fume pas, peu importe. Le combat est entre deux adversaires immuables, quel que soit celui qui l'emporte ou se laisse emporter : le vainqueur (le tabac quand je fume, moi quand je ne fume pas) n'est qu'un vainqueur fictif, un simulacre de vainqueur pour un simulacre de vaincu. Le combat existe, mais on n'en voit que le simulacre. Le tabac et le fumeur donnent la représentation d'un combat qui se livre ailleurs, entre deux combattants inconnus. Le tabac n'est qu'un acteur, et le fumeur son comparse. Le même drame sera joué, dans un style un peu différent, par le vin et l'ivrogne ; par Othello et Desdémone.

Au fond, je ne veux pas comprendre.

Fumer, ne pas fumer, de toute façon un manque s'exprime.

Ne pas fumer, au début, « me rapprochait de Béatrice ». Je voulais dire par là que Béatrice, que l'apparition de Béatrice faisait que je n'avais plus besoin de dissimuler ce manque, ce trou qu'il y a dans moi. Ce trou n'était plus une faim sans espoir, une agonie de faim, n'était plus une mort enterrée vive, toujours vive à réenterrer, toujours vive sous une fumée elle-même aussi toujours vive mais impuissante à exister, une fumée dissipée aussitôt que faite, toujours à renouveler, à accroître un fantôme (il se dissipe sans ça), comme un fantôme exige d'être nourri ; Béatrice ranimait le cadavre de ma faim, la rendait à la vie ; ce n'était plus une faim d'oubliette, une faim dont on meurt ; c'était redevenu la faim qui a raison, la faim qui connaît son repas et va tout droit vers lui. C'est-à-dire : je n'avais plus besoin de vêtement. À l'apparition de Béatrice, je renonçais à fumer comme on se met tout nu.

Ce n'est pas d'un vêtement qu'on manque quand on est tout nu ; c'est d'un regard ; qu'on le craigne ou qu'on le souhaite ; qu'il soit seulement possible ou qu'il soit réel, incarné dans un œil ; ou qu'il soit rêvé. Ainsi, ce que j'appelle ma faim cessait de se promener décemment, presque invisible, dans sa robe de fumée. Elle était nue.

Mauvais usage de ma pensée, prétend Paul. On mange une pomme de terre, on ne la pense pas. Ça ne rendrait service ni à elle, ni à celui qui la mange. Dans leur tête-à-tête, la pensée se sent de trop, comme un enfant abandonné. Vaine, vide et solitaire, elle se dégoûte d'elle-même.

Solitude ! — voilà ma vraie souffrance. Mais avoir choisi le tabac pour l'exprimer, avoir espéré briser ma solitude en maîtrisant pour tous la nicotine... Ah, tant pis, il faut que je le dise, ça me fera plaisir : je crois que je me suis mis à boire.

Je suis faible et maigre. J'écris parce que je vais mourir. Je passe mes journées à la forêt. J'invente des promeneuses visibles. J'ai envoyé ma démission à mon employeur. J'ai rêvé que je participais, au volant d'une pipe de course, à une compétition de hors-bord. On riait. Une main se posait sur mes yeux pour arrêter ce songe absurde, et je me suis réveillé, tandis que d'une voix horriblement réelle et, m'a-t-il semblé, dans l'obscurité même de ma chambre, j'entendais prononcer ces mots : « Il faut en finir. »

En finir avec ce cahier, rien de plus simple. Mais avec le reste ?

À Béatrice : « Les expressions de ton visage ne t'appartiennent pas plus que celles de la fumée de ta cigarette. »

Lui avoir dit cela quelques jours avant sa mort...

Un paquet par jour, plus cigares et pipe, depuis combien de semaines ? Et pour quel résultat. En finir, non, on ne peut pas.

Béatrice elle-même...

Putréfaction de Béatrice : choses à dire encore dessus.

Mais envie plus forte d'écraser ici mon stylo pour l'éteindre.

Phrases sans verbe.

À la fin du cauchemar de cette nuit, vu un éléphant fumer sa trompe. Le grésillement m'a réveillé.

FIN DES CONFESSIONS D'UN FUMEUR
DE TABAC FRANÇAIS

Composition Nord Compo
Impression Novoprint
à Barcelone, le 10 décembre 2003
Dépot légal : décembre 2003

ISBN 2-07-031284-4./Imprimé en Espagne.